CAMINHO DE PEDRAS

CAMINHO DE PEDRAS

RACHEL DE QUEIROZ

16ª edição

JO JOSÉ OLYMPIO

Rio de Janeiro
2024

Ilustrações: Ciro Fernandes

CIP-BRASIL. CATALOGAÇÃO NA PUBLICAÇÃO
SINDICATO NACIONAL DOS EDITORES DE LIVROS, RJ

Q47c Queiroz, Rachel de, 1910-2003
16. ed. Caminho de pedras / Rachel de Queiroz ; ilustração Ciro Fernandes. - 16. ed. - Rio de Janeiro : José Olympio, 2024.

ISBN 978-65-5847-154-7

1. Romance brasileiro. I. Fernandes, Ciro. II. Título.

23-87279 CDD: 869.3
CDU: 82-93(81)

Gabriela Faray Ferreira Lopes – Bibliotecária – CRB-7/6643

Este livro foi revisado segundo o Acordo Ortográfico da Língua Portuguesa de 1990.

Reservam-se os direitos desta edição à
EDITORA JOSÉ OLYMPIO LTDA.
Rua Argentina, 171 – 3º andar – São Cristóvão
20921-380 – Rio de Janeiro, RJ
Tel.: (21) 2585-2000.

Seja um leitor preferencial Record.
Cadastre-se em www.record.com.br
e receba informações sobre
nossos lançamentos e nossas promoções.

Atendimento e venda direta ao leitor:
sac@record.com.br

ISBN 978-65-5847-154-7

Impresso no Brasil
2024

Sobre a autora

RACHEL DE QUEIROZ nasceu em 17 de novembro de 1910, em Fortaleza, Ceará. Ainda não havia completado 20 anos, em 1930, quando publicou *O Quinze*, seu primeiro romance. Mas tal era a força de seu talento que o livro despertou imediata atenção da crítica. Dez anos depois, publicou *João Miguel*, ao qual se seguiram: *Caminho de pedras* (1937), *As três Marias* (1939), *Dôra, Doralina* (1975) e não parou mais. Em 1992, publicou o romance *Memorial de Maria Moura*, um grande sucesso editorial.

Rachel dedicou-se ao jornalismo, atividade que sempre exerceu paralelamente à sua produção literária.

Cronista primorosa, tem vários livros publicados. No teatro, escreveu *Lampião* e *A beata Maria do Egito* e, na literatura infantil, lançou *O menino mágico* (ilustrado por Mayara Lista), *Cafute e Pena-de-Prata* (ilustrado por Ziraldo), *Xerimbabo* (ilustrado por Graça Lima) e *Memórias de menina* (ilustrado por Mariana Massarani), que encantaram a imaginação de nossas crianças.

Em 1931, mudou-se para o Rio de Janeiro, mas nunca deixou de passar parte do ano em sua fazenda "Não Me

Deixes", no Quixadá, agreste sertão cearense, que ela tanto exalta e que está tão presente em toda sua obra.

Uma obra que gira em torno de temas e problemas nordestinos, figuras humanas, dramas sociais, episódios ou aspectos do cotidiano carioca. Entre o Nordeste e o Rio, construiu seu universo ficcional ao longo de mais de meio século de fidelidade à sua vocação.

O que caracteriza a criação de Rachel na crônica ou no romance — sempre — é a agudeza da observação psicológica e a perspectiva social. Nasceu narradora. Nasceu para contar histórias. E o que são as suas crônicas a não ser pequenas histórias, narrativas, núcleos ou embriões de romances?

Seu estilo flui com a naturalidade do essencial. Rachel se integra na vertente do verismo realista, que se alimenta de realidades concretas, nítidas. O sertão nordestino, com a seca, o cangaço, o fanatismo e o beato, mais o Rio de Janeiro da pequena burguesia, eis o mundo de nossa Rachel. Um estilo despojado, depurado, de inesquecível força dramática.

Primeira escritora a integrar a Academia Brasileira de Letras (1977), Rachel de Queiroz faleceu no Rio de Janeiro, aos 92 anos, em 4 de novembro de 2003.

1

ROBERTO SENTOU-SE MELANCOLICAMENTE à banca do café. O balanço do mar ainda lhe ecoava doloroso na cabeça. Esperava alguém.

O sol queimava nas calçadas, batia no cimento da rua como num espelho. A pequena que servia os sorvetes, detrás do balcão de zinco, suava, e o batom empastado dos lábios derretia-se manchando-lhe os dentes.

Roberto procurava reconhecer na cidade, no povo, nas mulheres, a sua velha Fortaleza de há dez anos. Mas o que via era novo, diverso, ninguém o reconhecia, nem ele reconhecia nada. Tudo era estranho, alheio, como num porto de passagem.

Pediu um gelado. A mulata dos sorvetes tinha os cabelos platinados. As unhas dela, segurando o copo, reluziam de verniz vermelho — parecia que usava as pedras dos anéis nas pontas dos dedos.

Defronte, os automóveis se repetiam, parecidos todos, como se fossem sempre o mesmo.

O homem não vinha. O relógio, na coluna da praça, decerto não andava direito. E aquela gente toda caminhava às pressas, dando voltas para alcançarem as zonas de sombra dos benjamins, com medo da força do sol.

Afinal, da coluna, saiu uma badalada só: uma hora.

Defronte do rapaz, duas moças que bebiam devagarinho um café levantaram-se às pressas. A mais velha era gorda, pálida, e tinha um ar cansado de insônia. A outra era viva, risonha, barulhenta. Deixou cair o lenço e a bolsa; o livro que trazia debaixo do braço escorregou e bateria igualmente no chão se ela o não apanhasse no ar.

Quando sorria, mostrando os dentes claros, parecia uma menina. Mas se ficava séria, um certo ar de tristeza a tomava e os olhos erravam vagos pelas coisas. Pagou, sorrindo à pequena, fechou com ruído a bolsa. Roberto olhava risonho para aquele movimento que vinha lhe quebrar um pouco o tédio de esperar.

A moça afinal saiu, apressada, arrastando a outra. E passou por ele tão vivamente que ainda lhe roçou com o cotovelo o ombro.

Roberto pediu outro café. Já desanimava de esperar, quando alguém lhe pôs a mão no braço. Era o homem. Moreno, seco, com um bigodinho, vestido num terno branco de brim. Operário. Via-se bem pela roupa mal talhada, pelas mãos calosas, sofredoras, as unhas roídas de cal. Pedreiro. Sentou-se devagar, desconfiado. Aos poucos, falou:

— Não lembra de mim, do Rio?

Roberto, de fato, recordava. Aquela cara...

— Sim, na verdade...

O outro ajudou:

— No escritório do Mário. Você me deu dez mil-réis.

— Ah, já sei! Você estava sem trabalho, me lembro agora!

— Não, eu tinha ido como delegado do Bloco. Depois não tinha dinheiro para a passagem de volta e fui ficando.

— Quando voltou?

— Voltei logo, um mês depois.

Roberto lembrava bem, agora. Vira-o no Rio, de barba crescida, a gola do paletó de brim levantada, os beiços roxos de frio. O Mário lhe dissera que era um sem-trabalho, um camarada do Ceará. Ele se interessara. O homem era frio e malicioso e não chorava miséria. Contava poucas coisas, que tudo na terra ia bem, "o povo menos besta". E recebeu calmamente a nota de dez que Roberto lhe passou, sem agradecer, sem mesmo a olhar. Estava ali, agora, mais magro; parecia também mais moço, com a barba feita. Os olhos espertos fitavam o moço calmamente, tomando as alturas.

Pôs um níquel na mesa, pediu café, bebeu depressa, quase dum trago. Recebeu a carta que Roberto entregou, abriu-a com dificuldade, correndo mal os dedos nas dobras do papel. Lia de testa franzida, como se desaprovasse. Mas Roberto viu apenas que era dificuldade de ler. Quis se oferecer para ajudar, mas não o fez, com medo de ofender, de despertar desconfianças. Afinal o homem pareceu inteirado:

— Vou entregar a carta ao pessoal. Depois lhe aviso. Onde está morando?

Roberto indicou a pensão, um sobradão velhíssimo por perto do Passeio Público. O outro sabia onde era. De repente perguntou:

— E por que você saiu do Rio, camarada?

Roberto riu:

— Não tinha razão nenhuma pra ficar. Nem razão, nem dinheiro. Depois, andava muito visado pelos tiras...

O outro assentiu gravemente, baixando a cabeça. Tornou depois:

— E onde vai trabalhar?

— Trago umas cartas para uns gerentes de jornal. Uma para o *Diário*, outra para o *Correio*. Vou ver se pego qualquer vaga na reportagem ou na revisão.

O pedreiro parece que teve pena:

— É pior que se você tivesse que trabalhar de servente, comigo. Em jornal pagam uma miséria.

Roberto tornou a sorrir:

— Eu sei, sei! Mas já estou acostumado. Toda a vida sempre me pagaram uma miséria... E acabei treinando em passar o bolo na pensão!

O pedreiro puxou o relógio, um grosso relógio de níquel, de ponteiros de ponta redonda. Levantou-se.

— Você agora naturalmente vai descansar. À noite esteja aqui pela praça que apareço com uns conhecidos.

Tocou no chapéu e saiu. Não tinha dito sequer o nome.

Roberto foi atrás dele. Do balcão de gelados a pequena lhe sorriu. No café vizinho um rádio gritava uma marcha americana.

Cortou a rua aborrecido, sonolento. As eternas mulheres pintadas de todas as cidades cruzavam com ele, sorriam às vezes, passavam depressa trepadas nos saltos dos sapatos. À porta da sua pensão, um caminhão no prego juntara gente em redor. Roberto atravessou o grupo com dificuldade, entrou e foi subindo devagar os sujos degraus da escada escura, mergulhada num cheiro de adega e de despensa, de comida abafada, que vinha do armazém de baixo.

No quarto, caiu na rede, como um doente. O pano macio abraçou-se a ele feito mulher. E o corpo de Roberto, há tantos anos acostumado à dureza estirada das camas, aconchegou-se àquele abraço, retomando instantaneamente o velho jeito de dormir dos seus tempos de menino. Pela janela via o fio e a lança dos bondes que passavam a todo instante roncando e arrastando correntes. Ainda ouviu o caminhão encrencado sair do prego e arrancar estourando. Depois o calor o venceu, o mormaço que vinha da rua lhe fechou os olhos como dormideira.

2

OS HOMENS SE apertavam na salinha, pequena demais para todos. O preto alto sentou-se no tamborete. Os outros foram se acomodando pelos caixotes, que a mulher trazia e empurrava com um sorriso humilde, como pedindo desculpas de ser tão pobre. O dono da casa ficou de pé, encostado no umbral.

O camarada Luís, pequeno, de cara chupada e amarela, os olhos vivos encimando o grande bigode que lhe comia todo o queixo, puxou do bolso um pedaço amarrotado de almaço e começou distraidamente a rabiscar umas coisas. Os outros esperavam, muito sérios. Roberto olhava-os, meio comovido, como um ator que vai entrar no palco, esperando apresentação. Afinal Luís falou:

— Companheiros, este aqui é o camarada Roberto, que vocês já devem conhecer de nome. É um rapaz inteligente que saiu da classe dele para ajudar o proletariado. Conversou com os companheiros do Rio e traz ordens para reorganizar aqui as bases de uma Região. Se entendeu comigo, e eu, que conheço os camaradas desde os tempos das greves do Bloco Operário, e sei que são companheiros decididos, pensei que podíamos fazer alguma coisa. Mas eu não tenho o dom da palavra e o camarada Roberto vai explicar tudo.

Aquilo tinha um tom de ritual que parecia satisfazer a todos, desempenhar mesmo um papel indispensável na reunião, mas constrangia e decepcionava Roberto. Solenidade que o desorientava — a ele que sonhara uma conversa fraternal com os operários, uma troca viva de argumentos que já preparara, da primeira à última palavra.

Mas aquele silêncio formal, aquela muda expectativa, não os imaginara, desnorteavam-no. Esperavam todos um discurso. E como começar um discurso? E em vez de soltar as coisas definitivas que toda a noite da véspera fabricara e polira, sentia-se mudo, infeliz e meio ridículo.

Os outros, sempre graves, esperavam. E ele acabou se afinando no tom, discursando:

— Camaradas, eu venho de ordem dos companheiros do Rio, como disse o nosso companheiro Luís, fundar as bases de uma Região da organização aqui. Os camaradas do Rio me escolheram porque sabem que eu não meço sacrifícios por amor da nossa classe...

Vinte-e-Um, preto do tamborete, que já fora marinheiro, conhecia o mundo e tinha as suas letras, o interrompeu, meio irônico:

— Qual é a classe do camarada?

Aquele remoque doeu a Roberto, que tinha vindo cheio de entusiasmo fraternal:

— Sou um jornalista pobre, sou um revoltado, há muito tempo que desertei da burguesia. Sou um explorado como vocês!

O outro sorriu com superioridade, foi abrindo a boca, mas continuou calado. Um mocinho magro, bem-vestido, que até ali ficara impassível, fez com a mão um gesto de enfado, como se achasse a interrupção ociosa. Roberto o viu e continuou a falar olhando-o, como se lhe pedisse apoio, mas já sem o mesmo ardor, inconscientemente intimidado:

— Creio que nós juntos poderemos iniciar o trabalho. Somos oito, já é alguma coisa...

Os homens, sempre em silêncio, aparentemente hostis, esperavam mais. E nenhum, a não ser o mocinho magro, respondia ao sorriso quase suplicante de Roberto, que pedia apoio, adesões.

Afinal, devagar, com gestos solenes, o camarada Rufino ergueu o magro corpo do caixote. O cabelo duro e grisalho lhe caía pela testa baixa, ensombrando-lhe a cara enrugada. Nos seus olhos secos um fogo vivo brilhava. Cara de iluminado, de feiticeiro ou de mártir. Estendeu a mão, pedindo silêncio:

— Pelo que entendi, o companheiro Roberto traz autorização para fundar Região aqui. O companheiro Roberto, apesar de não ser propriamente da nossa classe, é um rapaz sincero; mas os companheiros, depois que ele falou, ficaram calados, como desconfiando. Eu creio que assim não se faz nada.

O preto alto tomou a palavra:

— É porque nós já estamos fartos, camarada Rufino, de ir atrás dos doutores, e os doutores depois nos dão o fora. O operário tem que andar com os seus pés, é o que eu penso.

— O camarada Roberto trabalha conosco desde os tempos do Bloco Camponês!

— Ele pode ser sincero, mas chegando aqui é pra dominar! Vem organizar, vem chefiar, vem controlar... O operário é que deve guiar o operário, e não elemento estranho à classe!

O camarada Luís alteou, irritado, a sua fala de velha:

— Mas é preciso alguém que ensine o operário a ler!

— O operário não tem culpa de não saber ler, porque vive debaixo do chicote do burguês, trabalhando!

— Quem foi que disse que ele tinha culpa?

Todos se tinham envolvido na discussão, todos gritavam. Só Roberto, magoado, intimidado, calava-se. Aquela gente repetia apaixonadamente chapas sonoras, tais como as havia lido nos livros de divulgação. Mas, debaixo daqueles "burguês", "revolução", "classe", debaixo de toda aquela gíria decorada, palpitava o calor apaixonado de convicções violentas, havia ódio, cólera e desejo de desforra. E a polêmica continuava furiosa:

— Nós não tivemos pai rico que mandasse a gente para as academias...

— Mas o camarada Roberto não tem culpa de ter estudado!

— Um burguês nasce e morre burguês!

O mocinho magro galhofou:

— É o mesmo que o pecado original!

— O camarada fala como burguês!

— Eu, burguês? Boa essa! Sou um assalariado como você!

— Guarda-livros nunca foi operário!

O camarada Rufino conseguiu dominar o motim, falar de novo:

— Camaradas, nós estamos perdendo um tempo precioso! É por causa da nossa desunião que nada se fez até hoje! Vocês não se lembram que, de todos os milhares de trabalhadores desta terra, só nós oito — só esta triste mão-cheia de homens —, só nós é que temos alguma consciência? E nós mesmos levamos o tempo discutindo besteira, fazendo algazarra como mulher velha. Agora vamos começar alguma coisa! Depois vocês esfolem, degolem o camarada Roberto. Mas agora é fazer, se mexer. Senão eu me levanto e vou-me embora, porque terei visto que vocês só querem é conversar.

O negro Vinte-e-Um ainda falou, explicou. Não tinha intenção de desmoralizar o camarada Roberto. Mas não se podia negar que ele era pequeno-burguês, e, nesse caso, toda desconfiança do operário é justa...

Pouco a pouco, porém, serenou o ambiente. Roberto pôde expor os planos da organização, as primeiras bases a criar, a formação dos primeiros organismos... As tarefas foram se distribuindo em ordem: o preto alto para trabalhar com os marítimos, Luís de Souza secretário, Rufino para organizar as mulheres, o tecelão para agir numa fábrica, Roberto e Filipe para fazerem os cursos.

A reunião voltou ao seu ar solene de sessão fúnebre. E se as vozes aos poucos se alteavam, se alguém fugia à rígida disciplina que a mesa impunha, o camarada Luís, batendo com o lápis na tábua, fazia o silêncio voltar de repente.

O dono da casa trouxe o café e o riso humilde da mulher outra vez pedia desculpas por só ter duas tigelas e uma xícara de asa quebrada. Vinte-e-Um a chamou de companheira, gracejou sobre a baixela, falou sobre as vicissitudes dos revolucionários:

— Não sei qual foi o herói operário que, durante dez anos de prisão, só comia numa lata.

E foi aquele riso submisso da pobre, acompanhando-o até a saída, que aliviou um pouco a mágoa de Roberto. Por que supunham que alguma ambição o arrastaria? De que o acusavam? Só sentia no coração fervor, convicção, desprendimento. E no entanto fora tratado como impostor, quiseram até desmascará-lo. Mas por quê? Por quê?

3

NA SAÍDA, FILIPE, o mocinho magro, lhe segurou o braço. Era baixo, nervoso, calado. Sorria muito, um sorriso meio contrafeito e sem alegria. E, apesar disso, dava, sem se saber como, uma impressão de decisão e segurança, de homem que sabe o que quer e não tem medo de nada. Roberto sentiu nele uma força. Era diferente de todos. Nem tinha as suas indecisões, os seus pudores, nem a ingenuidade dos outros. Era revolucionário calmamente, como se aquilo fosse um trabalho seguro e normal, uma continuação do seu ofício de guarda-livros. Tratava tudo como que cientificamente, e recebia sem surpresa, ou antes, como se os esperasse, os rompantes dos companheiros. Apenas se aborrecia quando a algazarra demorava mais e lhe interrompia os pensamentos. Roberto se lisonjeou com a aproximação. Começou a lhe falar amargamente na decepção que sofrera. O outro sorriu:

— São sempre assim. Desconfiam de tudo e se voltam contra nós, os pequeno-burgueses. Mas no fundo é justo. Se eles fossem confiar em todo mundo, aceitar o governo duma elite, em que é que se diferenciavam da massa dos demais? O primeiro sintoma de consciência, neles, é a desconfiança. Revolucionário não é título de clube nem de irmandade...

Roberto teve que concordar e aquilo o consolou um pouco. Filipe continuou falando:

— Você vê, o Rufino. É velho, tem família e é pobre. Vive preso e perseguido. Nos tempos das greves do Bloco foi quem mais se sacrificou. Está se vendo que é sincero e dedicado. Talvez até fanático. Mas se os outros não vivessem fiscalizando, alfinetando, ele já tinha dominado a todos, já seria um chefe, um caudilhozinho bem autoritário, porque a coisa de que ele gosta mais, neste mundo, é de mandar...

— E o Luís?

— O Luís é bom mas não tem solidez. Agora está apaixonado por você. Já esteve por mim e queria me dar a ditadura, aí... O preto Vinte-e-Um não o suporta e diz que ele é um "lacaio da burguesia" porque vive cortejando os intelectuais...

— Mas com essas lutas todas, esses mexidos, esse saco-de-gatos, como é que se vai fazer um trabalho comum?

— Vai se fazendo! É a autocrítica...

— Oh, Filipe, autocrítica nunca foi aleivosia...

— Ora, é uma questão apenas de escolha de palavras. Pois eu já me habituei. E vou aprovando.

Tinham chegado à linha de ferro. O trem de subúrbio já vinha perto, roncando e apitando. Vinte-e-Um, que caminhava atrás de todos, passou correndo e tomou o carro seguinte à máquina. E ficou olhando malicioso quando Roberto e Filipe se aproximaram do vagão de segunda. Fez um sinal ligeiro com a mão, soprou-lhes:

— A primeira é lá detrás!...

Roberto foi se irritando, mas Filipe sorriu como sempre, e se encaminhou para a primeira classe. Ao sentar-se, comentou:

— O camarada Vinte-e-Um tinha razão.

Ao chegarem à praça da Estação, Roberto se encaminhou a pé para o Centro. E Filipe foi esperar o bonde, se desculpando:

— Você, para nivelar com o operário, teve que descer. Eu, ao contrário, no meio deles subi... Lá é que fui guindado a intelectual. Porque na vida real, moro nas areias...

Roberto o olhou, indeciso. O homem era hostil e meigo, indecifrável. Por que aludia assim, quase com acinte, à sua moradia nas ruas mais pobres da cidade, sem calçamento e sem bonde, "as areias"? Com os diabos, ele lhe parecera muito acima dessa exibição.

— Por que você diz isso?

— Ora essa, porque realmente moro nas areias! Na Rua da Leopoldina. Pergunte pelo Filipe de Dona Leonília. Minha mãe tem uma bodega lá.

4

FILIPE DESCEU DO BONDE, tomou o começo da longa rua de areia marginada de casas desiguais, toda de altos e baixos e buracos.

Era domingo de tarde e na igreja de Cristo-Rei o sino chamava para a novena. Pelas calçadas estreitas, as cadeiras se iam equilibrando e as moças sentadas, esperando Deus sabe o quê, refaziam os cachos do cabelo e olhavam languidamente os passantes. A mulher do faroleiro do Mucuripe, Dona Albertina, namorava na janela o Capitão Nonato, mulato gordo, oficial de polícia. De blusa de pijama, sentado numa cadeira de balanço à frente do seu jardinzinho de onde tirava dálias para vender, o Capitão Nonato era a aristocracia da rua e namorava a mulher de quem queria.

Filipe entrou pela venda, na esquina, pegada ao jardim do Capitão. Atrás do balcão, Dona Leonília cortava fumo e comentava o bicho do dia. Já três vezes seguidas que dava o peru. E ela há uma semana amarrava o galo. O preto que comprava fumo admirou-se:

— Por que o galo, Dona Leonília?

— Sonhei com um rei...

Mas vendo o filho entrar, Dona Leonília ergueu os olhos do rolo de fumo:

— Já? Sua comida está lá dentro.

Mastigando a carne fria, que tinha gosto de fumaça, Filipe ouvia o rumor do pessoal na bodega, as gargalhadas da mãe. Numa gaiola, na varanda da cozinha, a graúna velha cochilava, sem saber mais cantar. E sob uma mongubeira do beco um cabra bêbedo dormia de papo para o ar, deitado na areia fofa da rua, gozando a fresca da tarde e a folga do domingo. Filipe chegou à meia-porta da cozinha que dava para o beco. Olhou o homem. Besta de tiro, burro de carga. Os músculos se encalombavam debaixo da camiseta de saco. E, descoberto, o ventre se encolhia; ventre seco de atleta ou ventre murcho de faminto, era difícil dizer. A respiração fazia subir e descer a pele preta, que escorria suor, suja de areia. Doce cachaça! O pai dele já dormira assim, jogado na terra solta, e o avô, o bisavô... Todos dormiram bêbedos na areia, gerações e gerações, desde os tempos velhos do eito e da senzala. O trabalho o mesmo, a terra a mesma, a cachaça a mesma.

Entrou, tomou o resto do café, requentado e intragável, voltou à meia-porta. E viu que ia passando defronte, enterrando os pés cansados na areia do beco, a Angelita costureira, sua conhecida velha, quase companheira de infância. Ela lhe sorriu e fez adeus com a mão. E ele lhe acenou, chamando. Angelita aproximou-se. Conversaram.

— Você não tem saudades, Angelita, dos tempos velhos do Bloco?

Ela ergueu para o rapaz os olhos grandes e claros — pareciam feitos de água, de vidro transparente. Eram a sua única beleza, aqueles olhos, deslocados na cara abatida de mulher do povo, pintada de sardas, fatigada pela maternidade e pelo trabalho.

— Que é que há, Filipe? Estão falando num Bloco novo? Pois o Assis ainda não se esqueceu da cadeia que pegou...

E riu:

— Nem eu da fome que passei com os meninos...

Filipe ficou sem saber por que rira ela à lembrança da fome. Mas explicou:

— Não, agora não é mais Bloco. Agora querem refazer a organização. Veio gente do Rio e há muita novidade.

Angelita ficou séria, olhou-o fito nos olhos, ponderou:

— Naturalmente que entro, Filipe. Nem sei o que o Assis vai dizer disso, que ele ficou escaldado daquela cadeia. Mas não me importo, conte comigo. Pior do que a gente já vive, não pode viver. O trabalho do Assis nunca foi grande coisa e agora não dá mesmo para nada. E o diabo da mulher das costuras...

Bateu no embrulho feito com jornal que levava debaixo do braço:

— Estão aqui seis peças que eu tenho de entregar amanhã, com galão pregado; e agora me pergunte por quanto...

— Galão pra quê?

— É paramento de igreja, roupa de padre. E a jararaca do Lírio dos Montes ainda acha que ganho demais. Hoje me pagou mil e quinhentos por peça. Tive vontade de sacudir na cara...

Ele riu da fúria da outra. Depois tornou:

— Então o pessoal pode contar com você? E com o Assis?

— Comigo pode. Com o Assis é que não sei. Anda triste, mole... ninguém sabe como foi aquilo.

Filipe lembrou-se do ardor do Assis nos primeiros tempos do Bloco. Era presidente de um sindicato, parecia um louco pedindo revolução, ditadura, poder, nas reuniões de domingo. Angelita voltou a falar:

— É verdade que ele na cadeia apanhou muito. E quando saiu me achou quase de esmola, a União fechada e os companheiros sumidos. Todo mundo o evitava, dizia que ele era perigoso, que estava marcado. Ele então foi mudando, entristecendo. E hoje, quando eu falo, fecha a cara, pergunta se não acho que os meninos já passaram fome demais, sem proveito... Só nasceu pra brigar uma vez, ganhar ou perder. Essa luta de todo dia, para trás, para diante, faz ele ficar louco, desanimado. Não aprendeu, nunca leu nada, pensou que a revolução ia se fazer com os camaradas do Bloco... Coitado, e ainda tem que ganhar o pão para a gente...

— Não sabia que ele tinha mudado tanto, Angelita. Agora você...

— Ah, eu, eu não mudei, nem mudo. Sou mais teimosa. Pobre do Assis, não é homem de muita paciência.

— Então posso dizer ao pessoal que você entra?

— Entro. Havia de não entrar? Marquem o dia e a hora, que lá estou firme — concluiu ela rindo. E estendeu a mão.

Filipe baixou os olhos para os dedos que segurava, curtos e grossos, com um aro de prata no anular; nas pontas eram cheios de picadas, miudinhos, miudinhos, ralados.

— Que é isso nos seus dedos, Angelita?

— É a picada da agulha. Você não sabia que toda costureira tem a mão assim?

— E costurando paramento de padre...

Angelita puxou de manso a palma áspera que Filipe ainda apertava. Sorria, encabulada, ainda mulher, apesar da vida de trabalho, da cara fanada, das pobres mãos maltratadas.

— Pensou que eu tinha mão de moça rica?

Filipe procurou consolá-la com uma brincadeira:

— Ora, diz que o mundo do futuro há de ser feito com as mãos assim...

Angelita riu, e a risada que deu, brusca e ruidosa, combinava com os olhos, era um outro dos seus poucos sinais de mocidade. Despediu-se, afastou-se, saiu cortando a areia.

Debaixo da mongubeira o homem abria os olhos, preguiçoso, coçando o couro sujo da barriga. Um cachorro da rua chegou-se a ele cheirando. O bêbedo bateu-lhe o pé no focinho, berrou uma praga.

Filipe, que acompanhara Angelita com o olhar, assustou-se ao ouvir o grito. Pensava na simplicidade com que ela, logo à primeira palavra sua, dissera "Naturalmente que entro!". Sem hesitação, sem medo, sem heroísmo. E lá ia embora, com o embrulho de sedas de padre debaixo do braço, enterrando os pés na areia, depois de passar um dia pedalando na máquina de costura. Naturalmente que ia... E os olhos claros estavam firmes, límpidos. E a pobre mão ralada, com o seu anelzinho de prata... E ia recomeçar as prisões, as fomes, ouvir as descomposturas dos delegados... Naturalmente que ia...

5

O CAFÉ ESTAVA FRIO e choco. A moça teve um sorriso de resignação, adoçou mais e bebeu depressa. O relógio da praça ia apontando oito horas. Sentado à mesa, defronte dela, apertando os olhos, sorrindo, Roberto a encarava. Ao seu lado, a outra moça conferiu o relógio de pulso com o da coluna e chamou a atenção para o tempo. Mas Noemi, a morena, não se importou. Bebera o café às carreiras, pelo hábito. Agora não tinha pressa, e fazia desenhos com a colherinha no mármore da banca. Conversa banal de apresentação. Um pouco de malícia nos olhos interessados do homem; talvez faceirice do lado dela. E a outra, a que apresentara, queria ir embora. Noemi afinal se resolveu e o rapaz foi indo com elas. Andavam devagar, ele fumando baforadas longas, atirando a fumaça para o ar. Noemi olhou-o bem, assim de perfil, enquanto ele caminhava, silencioso. Era alto e triste. Parecia que estava sempre de folga, andava em longas pernadas que comiam o caminho. Tinha o ar de quem vai embora, seus braços se abriam frequentemente em gestos de viajante e, quando dizia "até logo", era distante, como se dissesse adeus. Noemi notou isso quando ele se despediu, à porta da Fotografia. Não era frio nem seco, era fugitivo: isolava-se de repente, cortava a comunicação. Ela lhe dera a mão, sorrindo um sorriso convencional. Mas Roberto a segurou com confiança, e disse devagar:

— Por que é que esperei ser apresentado à Guiomar, no Passeio, para que ela depois me apresentasse a você? Já faz semanas que tomamos café juntos! A primeira vez foi no próprio dia em que desembarquei. Será que esta apresentação vai modificar alguma coisa?

— Naturalmente que não. A diferença é que agora, em vez de você ficar espiando de longe, me dá bom-dia da sua mesa.

— E pago o seu café. Posso também conversar um pouquinho na saída.

— Não pague o café. Para quê? Nem venha conversar todos os dias.

Ele perguntou interessado, como se ela tivesse dito um disparate:

— E por quê?

— Nem todo dia tenho tempo. Você sabe que eu sou casada?

— Sabia. E que tem um filho de cabelo cacheado. Também conheço o seu marido. Converso sempre com ele, no botequim.

— Ah! Então foi ele que falou?

O dono da Fotografia chegou, deu bom-dia. Noemi entrou atrás do patrão.

E o rapaz foi embora, de mãos nos bolsos, parecendo espiar interessado a carreira da lança do bonde que tirava faíscas do fio.

Em cima da mesa já Noemi encontrou a caixa de provas para o retoque. E na sala de espera uma senhora gorda ralhava com o filho vestido de branco, com um laço de seda no braço, que choramingava:

— De joelhos não tiro, mamãe. Só se for num joelho só...

— Tira ajoelhado. Depois o homem desenha um Nosso Senhor lhe dando a hóstia.

— Mas mamãe, homem não ajoelha nos dois joelhos. Mulher é que ajoelha assim!

— Cala a boca, menino!

— Mas eu não quero ajoelhar nos dois joelhos...

— Cala a boca, diabinho!

— Ai, mamãe!

Noemi fechou a porta e sentou-se. Começou a trabalhar. Na primeira chapa, uma moça de rosto negro, com uns buracos brancos nos olhos, ria mostrando dentes pretos. Noemi consertou devagarinho um cantinho da bochecha que estava riscado com um "x" na prova. Depois empurrou a chapa com preguiça. Dor de cabeça. Também o menino passara a noite chorando com dor de ouvido. Bocejou. Sono, tédio. Pegou na outra prova. Um rapaz de óculos e beca. Cara de sábio. Devia ser burro. Precisava consertar o colarinho. Ajeitar as sobrancelhas. Teve vontade de fazer umas pestanas compridas, de *girl*. Também aquele capacete rodeado de arminho parecia fantasia.

Seu Benevides, o dono, entrou na sala do retoque. Procurou uma chapa na caixa.

— A senhora já endireitou o retrato da Dona Vivinha?

— Não. Deve estar aí por cima.

— Noemi retomou as chapas. Do bacharel passou ao retrato de uma noiva. A cauda comprida, enrolando nas pernas, se estirava em redor como uma onda na praia. Numa mesinha ao lado, rosas de papel. A noiva tinha cara de menina e sorria como uma atriz. Seu Benevides parou de procurar.

— Dona Noemi, naturalmente a senhora guardou. Uma mulher gorda com um broche no peito.

Noemi procurou no meio das suas chapas. Realmente estava lá. Uma senhora gorda sorria com os beiços grossos. No peito, um broche de medalha parecia uma condecoração. Seu Benevides pegou no lápis de retoque, começou a bater devagarinho.

— Ela quer que eu tire os pés de galinha em redor dos olhos. Não pode! E que eu tire a papada. Serei Deus Nosso Senhor pra fazer velha ficar moça? E que broche horrível! Parece campeão de boxe!

Noemi riu:

— E dá certo nela: peso-pesado.

Mas no limbo da chapa, como Vênus nas espumas, Dona Vivinha ia ganhando formosura. Seu Benevides tinha ares de artista, gravata descuidada, olhos miúdos, sorrisinho impertinente. Falava aos arrancos, baixinho, como segredando. E tinha um jeito de olhar as mulheres de revés, como se pensasse em coisa ruim. Ele chamava a esse olhar "golpe de vista". E quando fazia posar meninas núbeis, tenras e ingênuas, acentuava os olhares, demorava-se nas curvas adolescentes, murmurando elogios de alcance muito anatômico. As pequenas sorriam, lisonjeadas, sentindo um gosto proibido naquelas referências aos seus "corpinhos", ao "bustozinho nascente", como a uma antecipação dos mistérios sexuais. E o artista, mão no olho da objetiva, cabeça torta, olhinhos piscos e enviesados, desflorava macio aquelas inocências inquietas.

Na Fotografia já lhe conheciam o sestro. E tacitamente todos aceitavam, todos iam acreditando que aquilo era mesmo jeito de artista. Nesse momento, porém, Seu Benevides não ajeitava o "golpe de vista". Não o gastava com as empregadas, com coisas de arte. Olhou humanamente para Noemi, viu-lhe os olhos cansados. Perguntou pelo menino. Interessou-se por aquela dor de ouvido. Chegou a ensinar um remédio. Mas a moça estava distraída, pensando lá em suas coisas, e respondeu pouco. Seu Benevides continuou alisando a papada majestosa de Dona Vivinha e sombreou os pés de galinha dos olhos com um círculo misterioso de mulher fatal.

6

NA PRAÇA DO FERREIRA, Roberto cruzou com o preto Vinte-e-Um, que passou por ele de vista erguida, sem o conhecer.

O moço, que já esboçara um cumprimento, espantou-se e foi se irritando. Depois é que se recordou das conveniências, da tácita combinação que haviam estabelecido, segundo a qual não se deveriam reconhecer intelectuais e operários na rua. Continuou andando, atravessou os grupos de moças que passeavam de braços dados pela avenida, pintadas e gingando os quadris. Mais adiante, num dos bancos laterais da praça, o grupo de amigos, a "rodinha" já se agrupara. Junto a Filipe, o judeu Samuel, de pele cor-de-rosa como criança e cabelo de fogo, apontava o grande cartaz do cinema, rindo alto e soltando perdigotos. Nascimento, o revisor da *Gazeta*, fazia tinir os níqueis no bolso do paletó de casimira amarrotada e ria também, sacudindo para trás, com cabeçadas, as mechas do cabelo estirado de índio, que lhe escorriam pelos olhos. Balbuciante e tímido, os olhos azuis muito ternos brigando com a cara de mestiço e o cabelo enfezado, um ferroviário, Paulino, se justificava e explicava, pois as pilhérias do judeu tinham partido duma observação sua.

Roberto encostou, deu boa-noite. O judeu o chamou logo para contar a "última do Paulino", que, encolhido e irritado, o xingava de "galego besta".

— Imagine que ele olhou para a atriz do cartaz e disse que a gente precisa logo começar a encrenca para ter daquelas mulheres...

Paulino pulou:

— Mentira! O que eu disse foi: quando é que a gente terá direito de olhar para uma mulher daquelas?

Mas, sem o escutar, o judeu pontificava:

— Entram para o movimento pensando que há mesmo socialização de mulheres... E escolhem logo as burguesinhas mais finas, de mais luxo...

Paulino, rubro e gago, abanou-lhe os queixos:

— Deixe de ser burro, galego! Pensa que só você sabe de tudo? Porque você tangia cachorro na Europa, no tempo da Revolução Russa, pensa que tirou privilégio de saber tudo? Os outros todos são burros, safados, não é?

Samuel ainda ria, com os dentes todos de fora, de boca aberta, cacarejando:

— Socialização de mulheres, ah, ah, ah!

Filipe interveio, aborrecido:

— Não irrite o outro com besteiras, Samuel. Você é pau como o diabo!

E Nascimento, no seu jeito desengonçado, sempre lutando com o cabelo, com os bolsos, inquieto, gritador, pôs a explicar:

— Mas é muito justo que a gente deseje boas mulheres! Por que não? É um dos privilégios do burguês, as mulheres; tomam todas, as melhores, bem-tratadas, bem cheirosas. Para nós é o rebotalho... E o Paulino tem razão: queremos ter e ainda havemos de ter boas mulheres!

— Mas você fala de mulher como de uma presa de guerra — atalhou Filipe. — As mulheres, e as melhores delas, virão para nós, naturalmente. Mas, não assim como você quer, como uma posta de carne arrancada da goela do burguês. E sim por elas mesmas, porque quererão, porque, se nós desejamos mulheres, elas também desejam homens e nesse tempo nós é que seremos os homens.

Ainda vermelho, ainda mudo de raiva, Paulino balançava a cabeça, apoiando, sentindo-se justificado. Roberto concordou:

— Tem que ser assim. Mas você vê, é tão difícil eliminar os instintos de rapinagem, de avança que, mesmo nós, ainda sentimos diante de mulher...

— Mas é fome, a desgraçada fome rugindo! — gritou Nascimento. — Nós vivemos recalcados, esfomeados. Olhem, essas moças todas passeando: querem casar, mas não com um de nós; e ficam assim, cada uma na sua estrela, esperando um noivo. E nós nunca poderemos ser noivos! E vamos cavar aí, sabe Deus que misérias...

E apontava os grupos de moças, histérico:

— Olhem, é tudo donzela, tudo é virgem! Muitas vão murchando, secando, sempre donzelas, sempre virgens!... E a gente tem que ir em grupo, para a Rua do Chafariz... Não é uma injustiça?

— Injustiça também para elas, que têm direito de viver e acabam ficando logradas. Mas você tem um modo de reclamar que parece que é só o seu direito que sofre. Quem ouve o que você diz tem a impressão de que a justiça está apenas em haver mulheres para o seu prazer.

— Mas eu só posso falar por mim! Não sei o que elas pensam, nem o que elas sentem! O que sei é que preciso delas, é que não posso passar sem elas! — E concluiu rindo, fazendo curvaturas: — E se também precisam de mim, estou às ordens!

A ruidosa gargalhada de Samuel estrondou de novo.

Paulino, o que sonhava, começou a visionar:

— Imaginem, quando estas pequenas chegarem pra gente de mãos estendidas: "Meu caro, simpatizei com você e sei que você gostou de mim..." Sem pensar no dinheiro do ordenado, nem na casinha pequenina, nem no cartão de participação. Sem nada atrapalhando, nem interesse nem preconceito...

— Um homem e uma mulher, apenas... — murmurou Filipe.

Todos se calaram, sonhando esta coisa grandiosa que os fazia estremecer: um homem e uma mulher; mais nada.

Até que Samuel se ergueu, começou a passear na frente do banco e acabou dizendo:

— Meninos, vamos pensar em outra coisa, falar em política. Senão, daqui a pouco estamos todos aí por esses becos, gastando os derradeiros vinténs...

7

ROBERTO SENTOU-SE NO banco do bonde e acendeu o cigarro. Ficou com o fósforo aceso na mão, espiando a chama que encolheu, oscilou, pequenina, e sumiu no vento. Só restou a cabecinha preta fumegando.

A hora triste da cidade tomara conta dele. As luzes da rua se acendiam, as cortinas de aço das portas desciam com barulho e os caixeiros, os empregados familiares que passavam o dia sorridentes ou abstratos, por trás dos balcões, trepados em altos tamboretes, defronte de secretárias antigas ou de registradoras barulhentas, se transformavam em homens misteriosos, individuais, que metiam um paletó, tinham uma casa, uma rua e iam comer o seu jantar, dormir o seu sono, trancar a sua porta. Aquele caixeirinho que passava ligeiro na calçada possuía mãe e uma casa modesta, sua, para onde se dirigia, cego a todas as outras casas da cidade, possuía uma mesa, uma rede. Todos ali. Aquele carteiro de cara magra, que procurava um tostão entre os níqueis. E a moça pintada, de vestido de babados. Todos tinham a sua vida isolada, sua vida particular.

E, naquela hora, cortavam as amarras, cada um procurando o seu mundo pessoal, a sua pequenina ilha.

Que importava fosse em geral feia e triste, essa ilha, e com o reboco das paredes sujo e esburacado?

Hora misteriosa e hostil. Também ele não tinha o seu buraco? Pequeno. Uma rede, uma janela, uma mesa, um guarda-roupa. De manhã, quando ainda dormia, o sol o vinha procurar pela veneziana aberta, fazendo-o acordar sempre enrolado no calor, com o pijama úmido. E quando tinha insônia, os grilos assanhados cantavam nas telhas e bichos misteriosos, de asas pesadas, mariposas, besouros ou baratas batiam pelas paredes em voos cegos.

O bonde ia passando por uma praça. Virou na curva devagarinho, as rodas gritando nos trilhos. Pela calçada, bem pertinho de Roberto, quase ao alcance da mão, a companheira de trabalho de Noemi caminhava, oscilando com o balanço dos saltos. Ia cansada e lenta, envelhecida. De tarde, as mulheres sempre são velhas. Também ia para casa. Onde? Roberto pensou numa casa de corredor escuro, com uma puxada nos fundos e um banheiro de tábuas no quintalejo. E o quarto deveria cheirar a abafado e a pó de arroz.

O bonde agora passava junto ao paredão do palácio do bispo.

E o homem que pichava o trilho, na curva, afastou-se devagar do caminho do bonde; sentia-se útil, segurando a sua broxa, suja de graxa preta. O bonde que esperasse. Ele sairia com toda a calma, balançando a lata de piche na outra mão. Todo mundo só corre por prazer ou interesse. Na obrigação a gente anda devagar, a fim de provar que é livre. Pressa é cativeiro, é medo. E o andar do pichador, com a lata e a broxa na mão, queria dizer isso. Era livre. Ou ao menos desejava parecer que o era.

Quando Roberto chegou no fim do segundo cigarro, viu que estava no ponto de descer. Saltou e quase caiu, falseando o pé. Ficou com vergonha da moça que, na janela, enrolava o cabelo comprido na mão. Felizmente os olhos dela estavam soltos, alheios. E ele passou depressa, consolado.

Cortou a areia ligeiro, chegou à casa de Filipe, bateu. Ninguém. Foi à bodega e Dona Leonília o informou de que o filho não chegara.

— Nunca chega de dia. Mal o vejo. Procure pelos cafés, pelos bancos da praça, que a casa dele é lá...

Roberto saiu, andando devagarinho, sem se importar com a viagem perdida. Fora-lhe útil o movimento, o rangido do bonde, o vento no rosto. Estava cheio de coisas confusas, o coração lhe pesava na boca do estômago, como uma digestão difícil. Sentia-se só e solto, num abandono singular.

Ao chegar à cidade, topou logo, no café, com João Jaques, o marido de Noemi. Estava numa roda de rapazes, e liam todos um jornalzinho, discutindo. Era um homem bonito, novo, de ar intelectual, nariz de ponta fina, rosto gordo, boca de beiços apertados, soltando palavras destacadas, dizendo coisas inteligentes com certo esforço, mal expressas. Os outros, nesse momento, o escutavam. Ele explicava uma linha do jornal, levantando as sobrancelhas, sorrindo um pouco. Ao ver Roberto sentar-se, pôs-lhe a mão no ombro, perguntou notícias, "como iam as grandes coisas". Roberto encolheu os ombros, não se interessou pelo assunto... Preferiu contar que tinha sido apresentado a Noemi.

— Onde?

Roberto explicou o encontro, disse que se viam sempre, que Guiomar os apresentara.

— Muito inteligente, sua companheira. Não sabia...

João Jaques sorriu, concordando. Roberto quis falar mais na moça e perguntou pelo menino. João Jaques fez um gesto com a mão, riu de novo, contou uma brincadeira do Guri. Nascimento, o repórter, que estava na roda, reclamou gritando que a conversa estava muito familiar. Roberto olhou-o com tédio, ele insistiu, mais alto, João Jaques segurou-lhe o braço.

— Puxa, rapaz, não faz comício!

Mas tanto Nascimento insistiu, brandindo o jornal do artigo, que João Jaques voltou a ler e a explicar, pacientemente. Só Roberto não tomou interesse na leitura, e pôs-se de parte, alheado.

Não queria pensar nas conversas dos outros. Antes queria ver-se livre deles e pensar em si mesmo — pensar em alguma mulher: vontade, por exemplo, de recordar a conversa do café, com Noemi. Esquecer as coisas sérias que poderia haver a separá-los: o marido, o filhinho que tinha dor de ouvido, o amor dela pelos dois, os deveres.

Lembrar apenas o que um homem qualquer pode guardar de uma mulher moça que lhe passou pelo caminho: a risada clara, os seus dentes brancos, o brilho alegre dos olhos inteligentes e aquele cabelo macio e cheiroso que a todo instante ela empurrava, impaciente, para trás das orelhas. Vontade de conversar com ela, agora; de vê-la ali, tomando café com os outros, segurando a xícara no ar, sem beber, como era do seu jeito, sorrindo. Dizer-lhe coisas maliciosas sobre os outros, para vê-la sorrir mais, sorrir como uma menina alegre. Falar-lhe baixo, senti-la próxima e amiga.

João Jaques, nesse momento, bateu-lhe no ombro.

— Vamos jantar?

Roberto o encarou, sorrindo.

— O convite é sério?

— Naturalmente.

E segurou Roberto pelo braço, puxando-o para a rua. Enquanto andavam, sentia Roberto que a sua ternura recém-nascida não tinha ainda nem ciúmes nem exclusivismo, nem talvez consciência muito clara de si mesma. E envolvia a ela, a João Jaques, ao Guri, no mesmo círculo afetuoso. Além disso, só por si, João Jaques sabia criar ao seu redor um círculo de simpatia calorosa. Roberto o seguia naquele momento de alma aberta, num impulso real de amizade, nessa serena confiança com que dois homens de coração limpo se dão as mãos e caminham juntos, como irmãos. João Jaques lhe falava agora em livros. Ia mostrar. Se o levava à sua casa era especialmente para espiar os livros! As obras completas do Velho:

— E quero que você leia a vida de Kropotkine. Nunca leu? É uma confissão, um documentário minucioso da geração que precedeu a Revolução de Outubro. Um ambiente semelhante ao da *Mãe*, de Gorki... Aqueles niilistas de vida dupla, príncipes e mujiques ao mesmo tempo. Uma onda de misticismo revolucionário varrendo as altas camadas. Ele próprio, Kropotkine, é um desses... E um grande escritor, ainda por cima.

Roberto recordava-se desse príncipe feio e barbudo como um Santo Onofre, desse aventureiro da revolução, de larga vida romântica:

— Me lembro principalmente daquela fuga espetacular dele, numa carroça de palha...

— Engraçado, isso é mentira. Todo mundo conta, mas é mentira. Fugiu, mas de outro modo. E como ele conta é muito mais fabuloso; complicadíssimo! — E João Jaques acrescentou com melancolia: — Foi a fase heroica, a deles! Nós já vivemos na era da ação prática...

O bonde parou; desceram.

Na sala de entrada, um divã de chitão enchia um pano de parede. De pernas para o ar, um cavalo de massa sem rabo e sem crinas atravancava o caminho. Numa mesinha carregada de livros, a bolsa e a boina de Noemi. Na parede, vários quadros, todos com o Guri, instantâneos ampliados, um com um chicote na mão, rindo, de olhinhos fechados, outros com a camisa amarrada acima da barriga e os pezinhos gorduchos mal pousados no chão. E em toda a parte sempre ele, com dois anos, entalado num pijama importantíssimo; menor, maiorzinho, nu, rindo, sério, e até um chorando, com uma colher suja na mão. João Jaques apontou os retratos:

— Parece gabinete de pediatria, não é? É mania louca da Noemi... e facilidade de empregada de Fotografia.

De repente, o modelo dos retratos entrou na sala, ruidoso, enchendo tudo como uma luz. Pela bochecha cor-de-rosa escorria-lhe uma lágrima grossa. O cabelo de cachos espessos lhe caía por cima dos olhos. Apertado no peito tinha um sabugo de milho. Via-se que uma zanga funda lhe ferira o coração. Mas, à vista do pai, sorriu, correu e lhe agarrou as pernas. João Jaques o levantou nos braços. Era um bebê comum, de cara redonda e narizinho curto, mas com o misterioso encanto das crianças queridas, o magnetismo que emana das mãozinhas papudas, da carinha atrevida, do ar insolente e confiado. Abraçou-se forte no pai, bateu-lhe no ombro pancadas afetuosas, como um homem. E João Jaques falou, sério:

— Que é que houve, amigo?

O Guri riu-se com gosto, abraçou-o mais, esquecido da sua tristeza:

— Boa-noite, amigo! Hoje custou muito a chegar!

João Jaques apresentou-lhe Roberto, que estendeu a mão, desejoso de camaradagem. Mas o menino não deu a sua, fitou-o cerrando as rugas da testa e perguntou afinal:

— Donde é que você vem?

Roberto ficou todo misterioso:

— Eu? Venho da terra dos macacos de cartola e das araras de saia preta. O pessoal de lá mandou lembranças pra você.

O Guri franziu o nariz:

— Mentira!

— Mentira, não senhor. Andei dez dias num navio encarnado e branco, só pra lhe trazer este recado.

O Guri aí se interessou pelo navio: grande? De carregar gente ou de carregar bicho? Mas ainda se conservava no colo do pai e atirava as perguntas de longe, como a um adversário. Quando, porém, Roberto começou a imitar a máquina do navio, a contar de que tamanho eram as panelas da cozinha e a descrever o comandante com uma fita dourada no braço e um boné branco na cabeça, o Guri foi escorregando por entre as pernas do pai, aproximou-se do outro, interessado, afastando dos olhos, com a mãozinha gorda, o cacho pesado dos cabelos.

Roberto sorriu, reconhecendo-lhe o gesto da mãe. E tomou macio o pequeno no colo, enquanto ia fazendo *poc-poc* como a máquina tangendo a hélice. Mas o Guri o interrompeu de repente:

— Você tem o retrato deles?

— De quem?

— Dos macacos, ora! Que bicho é arara? Você vem da terra delas, não disse? Trouxe retrato?

Roberto palpou os bolsos, simulou mágoa. Esquecera, que diabo! Nem se lembrara de pedir! O Guri sugeriu:

— Onde é que a mãe deles mora? Vá pedir a ela!

Noemi veio entrando:

— Meu filho, que cara suja! E com esse sabugo na mão! Vai sujar a roupa do moço.

O Guri explicou calmamente que o sabugo era de milho assado e ele o apanhara de manhã, na calçada. Estava limpinho. E estendia a mãozinha fechada sobre o velho sabugo imundo de areia e vermelho de rolar no tijolo.

— Limpinho o quê, meu senhor! Que porcalhão! Ande, saia do colo do moço!

Roberto, porém, o prendia a si. E o Guri, gozando a teima, ria-se:

— Ele não deixa eu sair, mamãe!

A mão autoritária da mãe o pôs no chão, apesar dos protestos de Roberto; mas João Jaques segurava o pequeno.

— Você não tem vergonha, amigo, de andar com a porcaria deste sabugo velho na mão?

Depois voltou-se para a mulher.

— Trouxe o Roberto para jantar com a gente.

Noemi sorriu, com paciência.

— Você o preveniu de que o nosso jantar é sopa e café?

Roberto se adiantou:

— Não brigue com ele; fui eu que me ofereci! Nem se ponha com desculpa de burguesa fabulosa, senão eu dou o fora. E levo este menino pra mim.

Já o Guri dava risadas escandalosas, porque Roberto, fingindo que o roubava, sacudia-o no ar, como um pêndulo. E Noemi saiu para o corredor, para tirar o jantar, abanando a cabeça e recomendando ainda uma vez ao filho:

— Não grite assim, Guri mal-educado! Olhe a dor de ouvido!

Na mesa, entre o filho e o hóspede, Noemi servia a sopa.

João Jaques, em mangas de camisa, dizia a Roberto coisas sobre política.

E Noemi, mais de uma vez, ficou com a concha no ar, retificando ou apoiando os casos que o marido contava, especialmente um, a sensação do momento, no meio deles, relativo a um advogado, antigo membro do Bloco e que entrara para a polícia.

Roberto ouvia, quase silencioso, feliz, sorrindo para o pequeno que, trepado na sua cadeira alta, chupava gravemente a colher e já tinha o pescoço empapado de caldo.

Pelos cantos da sala, os móveis modestos; na mesa, a toalha de xadrez vermelho, tudo dava repouso e sossego aos olhos, junto com a paz, a quieta doçura da reunião.

No meio daquilo, qual seria em verdade o lugar de Noemi? Via-se que ela representava com gosto o seu papel de mãe e esposa. Grave, meiga... Tão longe... Mas, bolas! O que ela é mesmo, é a pequena da Fotografia. Toda mulher se fantasia de matrona quando preside a uma mesa. E o filho, ao lado, completava a decoração.

E Roberto quase se assustou e estendeu depressa o prato, ao descobrir que pela segunda vez Noemi lhe perguntava se queria mais sopa.

*

A concha cheia de caldo virou-se no prato fundo. Em redor da mesa de pinho encostada à parede, o marido e as crianças se agrupavam. E Angelita, em pé, ao canto, ia servindo silenciosa e maternal. Mas parou de servir, olhou o marido e lembrou-se de lhe falar:

— Ontem estive com o Filipe.

Assis ficou a olhá-la, calado, aguardando o resto. Ela continuou:

— Ele disse que estão tratando de reorganizar o pessoal do Bloco. Me convidou.

O marido engoliu uma colherada de caldo quente, mordeu uma côdea de pão.

— Com quem vão trabalhar?

— Com quase todo o pessoal antigo. Acho que faltam poucos.

Olhou-o mais fito, como se insinuasse uma resposta. Ele, porém, ficou silencioso. Era sempre assim, calado, metido consigo. Angelita, porém, foi adiante, tal era o seu desejo de o fazer decidir-se:

— Você não quer ir?

O marido desta vez a encarou irritado, depois baixou a cabeça.

— Não sou mais besta.

— Pois eu disse que ia. Podiam contar comigo.

— Havia de não ir! Você é uma operária consciente, idealista!

— E você, não é mais consciente, não, Assis?

O homem encolheu os ombros, com uma risada seca e amarga, diante da pergunta magoada dela:

— Eu? Eu sou um traidor! Elemento fraco... Dei o prego.

Ela não tirava dele os seus olhos claros, da cor da água do mar, e continuou murmurando, desolada:

— Por que você diz isso, Assis?

— Não sou? Não é o que eles gritam? Acham que passei pouca desgraça nos tempos da greve do Bloco. Pois agora já sabem: não sou mais besta.

— E por isso vai ficar sendo inimigo dos seus companheiros, debochando deles, inventando queixa? Para que você sofreu, durante a greve? Foi por eles? Então, você era o que era por causa deles? Com medo deles? Por que eles mandaram? Eles é que são os donos da revolução?

Angelita fazia essas interrogações ansiosas com as duas mãos apoiadas à mesa, o rosto pálido traindo exaltação e fé. Os dois filhos, ao lado, olhavam o prato, calados; a mais velhinha estendeu a mão para a tigela de farinha e foi pondo uma mancheia no caldo, devagar, habituada e aborrecida com aquelas discussões.

Assis cortou, brutalmente:

— Conversa. Não me importo com isso. Não quero saber de mais nada. E você só se mete nessa bagunça porque eu não mando na senhora.

— Felizmente!

— É livre! Pois eu é que não sou mais trouxa. E, por favor, não me converse mais nesses assuntos. Faça o que quiser, mas me deixe.

Encheu a xícara, atirou o café às goelas, meteu os pés, levantou-se. Foi para a rede ao canto da salinha. Angelita continuou de pé, sem pensar em comer, furiosa, magoada. Ainda disse:

— Assis, você se lembra de quem foi que me arrastou para essa vida?

Ele retrucou, perverso, aproveitando a evocação da mulher.

— Ao menos esse benefício ninguém me pode negar...

Depois se sentou, fitou-a duro, bem nos olhos:

— E eu já disse: é melhor não falar mais nisso. Você se governa, faça como achar bom. E por mim, me deixe em paz.

Naquele exterior rude, com a boca de pouca fala, sob a máscara fechada, ele escondia a sua alma fraca e ligeira, de entusiasmos fáceis e duros desânimos. As coisas custosas lhe pesavam, eram-lhe impossíveis as compridas paciências. E o seu entendimento curto, que mal ia além do dia de amanhã, não ajudava a fortalecer a sua fraqueza quando uma provocação maior a esmorecia. Fora o mais ousado, o que mais gritara pela revolução, os primeiros tempos do Bloco. Pensara talvez que seriam só uns dias de luta, uma greve, uns tiros, uma bandeira e estava ganha a batalha. E se aterrorizou como menino quando compreendeu as ásperas exigências da luta, quando viu que tinha empenhado a vida, que se fora sossego, alegria, segurança, a troco de uma vaga promessa muito longe da sua mão.

Angelita, arrastada por ele, que dele recebera o ABC ideológico, sob as suas ordens aprendera a vencer a timidez, a gritar nas reuniões, a cantar o hino de guerra nas praças dos comícios, espantava-se e sofria com aquela transformação, que o mutismo do companheiro tornava mais misteriosa e inexplicável. Por isso, quando o pequeno Vladimir, filho da era dos entusiasmos, marcado com um grande nome, lhe disse baixinho, meio assustado: "Mamãe, não faz raiva ao papai...", ela lhe tirou bruscamente o prato sujo e ergueu o garoto da cadeira, explodindo:

— Também você? Deste tamanho já sabe também se encolher com medo?

O marido ergueu os olhos para ela, depois os baixou, sem dizer nada. Angelita foi ao fogão, encheu uma xícara de café e mesmo de pé o bebeu, na ponta do beiço. Voltou à salinha, levantou o tampo da máquina, abriu o embrulho das sedas vermelhas debruadas de galão dourado. Os pobres dedos picados retomaram a agulha, voltaram a pospontar os paramentos.

Na parede, como uma imagem familiar, dentro da moldura barata, um retrato cortado de revista, olhos mongólicos, barbicha em ponta, a pala do boné cobrindo a testa poderosa, presidia, sorrindo, o serão de trabalho.

8

NA RODINHA DA PRAÇA é que se ia traçando o trabalho preparatório da organização. Isso entre o grupo "de gravata", os intelectuais, que tinham lazer e facilidade para aqueles encontros.

Os operários, esses nunca apareciam ali. Alegavam falta de tempo, mas a verdade é que só nas reuniões é que se sentiam com alma para discutir e ser revolucionários. Nas horas de serviço eram apenas animais de trabalho e as curtas folgas mal lhes chegavam para ir do local do trabalho aos bairros longínquos onde moravam, comer o jantar às pressas, dormir cedo para acordar na madrugada seguinte. Já dessas curtas horas de descanso noturno precisavam tirar o tempo para as reuniões. Que o domingo, em geral, era tomado pelos sindicatos, pelo trabalho legal entre os camaradas "inconscientes". E eram sempre os primeiros a chegar, calados, severos, misteriosos. Vinham com grandes precauções, não falavam a ninguém desconhecido e aos conhecidos mal batiam com os olhos. Os outros, os intelectuais, surgiam em bando, eram ruidosos e alegres como estudantes.

O seu grupo crescera. Arrastada por Roberto, a "rodinha" da praça entrara em massa para a organização. Aliás, Nascimento, Samuel, Paulino, que já vinham dos tempos do Bloco, faziam questão de formar com os operários.

Repetiam a toda hora os "camaradas", afetavam uma simplicidade excessiva, que chocava os outros, os "de tamanco", cheios de preconceitos e convenções. Pois a simplicidade, longe de ser um atributo dos humildes, é um artifício de requintados que a plebe desconhece. Depressa essa diferença cavou divergências. Os "tamancos" entraram a hostilizar os "gravatas", a "desmascará-los", a exigir que se "proletarizassem". O preto Vinte-e-Um chefiava a "esquerda", e os "gravatas" se fechavam num círculo aristocrático que chegava a incluir o próprio Filipe, expulso do meio dos obreiros por "intelectual" e por "burguês". Dos da rodinha, só Paulino, o ferroviário, tinha entrada entre os "tamancos". Samuel também cortejava os operários e exagerava a sua proletarização. Deu até para andar de fundilhos rotos, de camisa de mescla. Pontificava e, por causa dessas concessões, era ouvido. Nascimento, cheio de despeito, troçava:

— Camarada, você pensa que revolução é porcaria?

O judeu encolhia os ombros, resmungando:

— Literato!

E Nascimento revidava, sacudindo a crista escorrida, como um galo de briga:

— Ora, literato! Você me chama de literato porque é analfabeto...

E a luta pelas posições dentro da organização armou-se aberta. Declaravam os operários que os intelectuais eram incapazes de exercer um cargo de confiança porque lhes faltava "consciência proletária".

E os outros, certos da sua superioridade de intelectuais, disputavam abertamente as posições, faziam ressaltar perversamente as falhas e erros dos "eleitos". As reuniões eram agora sessões tumultuosas, cheias de choques violentos e de palavras azedas. Complotava-se abertamente, cabalava-se sem nenhum pudor. Só Filipe, apesar de banido, ia conseguindo manter o equilíbrio, corrigindo a exaltação dum lado, sossegando a feroz animosidade do outro.

Naquela noite, a reunião foi particularmente acesa. Eram apenas sete, quatro operários, três intelectuais: Filipe, Roberto, Nascimento. O camarada Vinte-e-Um presidia. Filipe era o secretário. O camarada Luís de Souza começou por censurar amargamente Roberto, encarregado da propaganda, pelo descuido que mostrava na sua tarefa relativa a boletins:

— O camarada não tem mais o zelo dos primeiros dias. Se diverte com questões particulares, frequentando intelectuais contrarrevolucionários.

Ante a insinuação, Filipe olhou Roberto, sorrindo. Mas este protestou:

— Creio que não sou obrigado a prestar contas das minhas relações particulares.

O camarada Rufino saltou, com um fogo de luta nos olhos fundos de tísico:

— E por que não? Revolucionário de verdade não tem vida particular. Esse negócio de ser duas pessoas ao mesmo tempo não dá certo, camarada.

— Mas que pode haver contra mim, se isso não prejudica minha atividade?

O Vinte-e-Um sorriu, comiserado:

— O prejuízo que dá é o camarada não cumprir mais suas tarefas a tempo...

E Luís de Souza aconselhou:

— Camaradas, vocês, pequeno-burgueses, vieram espontaneamente ao encontro do operariado e devem se orientar por ele...

Filipe interrompeu irritado:

— Parem com essa história de pequeno-burguês! Isso é lá para fora. Dentro da organização, todos somos iguais.

Vinte-e-Um atalhou, acerbamente:

— Somos iguais, mas com os intelectuais governando!

Nascimento, que até aí estivera calado, se contendo, espocou:

— Governam, quando são os mais capazes!

E Rufino estirou o dedo seco:

— Mas o pior é que eles sempre acham que são os mais capazes...

Roberto, que sofria com aquelas brigas, teve um acesso de sentimentalismo, e pediu:

— Camaradas, para que esta luta? Reconheço que as nossas condições de vida, inicialmente, nos trazem muitas falhas... Nós não temos, principalmente, o instinto revolucionário do operário. Mas somos honestos; queremos acertar. Senão, quem nos obrigaria a tomar a posição que tomamos, contra a nossa própria classe?

Luís de Souza cortou, rente:

— Lá vem o camarada alegando o grande sacrifício dos intelectuais. E os operários devem agradecer a esmola, de joelhos... E entregar a organização a vocês, de mão beijada...

Nascimento ergueu de novo a voz aguda:

— Não seja ingênuo, camarada! Vocês é que consideram a organização como propriedade particular!

Rufino, o dono da casa, deu um aviso enérgico; não gritassem, com os diabos! Queriam chamar a polícia?

Pacientemente, Filipe esperava o fim da disputa, mordendo os beiços. E o camarada Vinte-e-Um aproveitou a trégua para ler a ordem do dia. O segundo ponto tratava do serviço político entre as mulheres. Almeida, o pedreiro, que até aí estivera calado, foi o relator. O ritmo da reunião equilibrou-se; o resto da ordem do dia saiu aos poucos, monótono. Quando afinal o secretário deu a palavra a quem a quisesse, todos já tinham sono e apenas Nascimento a utilizou pedindo auxílio para um companheiro tipógrafo que ficara tísico.

O secretário por fim se levantou, arrastando a cadeira. Os camaradas trocaram boas-noites e foram se dispersando de dois em dois, ou de um em um, cautelosos.

Filipe e Roberto foram os últimos a sair. E Roberto, agarrando o braço do outro, reiniciou logo a conversa do caminho, na vinda, interrompida pela reunião:

— Pois você precisa conhecer a Noemi. Vou apresentar.

Filipe o olhou sorridente e disse, encolhendo os ombros:

— Para que esse entusiasmo? O marido dela é um safado. Não faço fé.

— Safado por quê?

A casa de Rufino era para os lados do Matadouro Modelo e a rua um estirão de areia, mergulhado na noite escura, com um ou outro ponto vermelho de luz saindo das casinholas. Filipe não respondeu. Roberto insistiu:

— Safado por quê?

— Foi expulso da organização, no Rio.

— Ele me aludiu a isso, uma vez. Por que foi expulso?

Filipe desenhou no ar um gesto vago:

— Sabotagem, relaxamento... — E riu: — Literatura...

Roberto estranhou:

— Você também está ficando obreirista? Meus parabéns... Começamos a cortejar o camarada Vinte-e-Um...

Mas Filipe não queria rir:

— Não brinque, Seu Roberto. Em muitas coisas eles têm razão... E eu às vezes fico pensando se a gente não devia abandonar esta fatiota, meter-se na blusa, cair na fábrica...

Roberto não se convenceu nada, abanou a cabeça:

— Pois eu acho isso tudo histerismo. E improdutivo. O que eles combatem na gente, o que os choca, é o espírito que a gente adquiriu na leitura, no meio onde vivemos, a mentalidade que fomos formando desde meninos e que o impulso sentimental que nos arrastou...

Filipe retificou, imediatamente:

— O impulso intelectual...

— ... Pois seja, intelectual... Que o impulso intelectual que nos levou à revolução não pôde controlar ainda. E isso não vai embora com a roupa...

Filipe encontrou um pedaço esboroado de calçada, subiu com esforço. Roberto continuou navegando na areia, repetindo:

— ... e isso não sai com a roupa...

— Pois eu acho que a roupa influi muito. A roupa, isto é, o meio. Certas doçuras prendem muito a gente. E é muito difícil perder certos preconceitos... Você vê... Por que, por exemplo, você não se interessa pelas outras, por qualquer uma dessas que se reúne aí?... Vai procurar a Noemi que é da sua igualha.

— Eu não tenho nada com a Noemi, Filipe.

— Não tem mas terá. Terá.

— Creio que não. E como quer você que me interesse por uma dessas outras, que nunca ao menos me falaram? Até se encolhem, quando as olho. Enquanto a Noemi... Você já viu o filho dela? O marido é doido pelo garoto.

Filipe riu e constatou:

— Veja, você até já sondou as possibilidades. O marido, o filho...

— Não, não sondei coisa nenhuma — contestou Roberto, agastado.

Mas Filipe sacudiu a cabeça e tornou a afirmar, com doçura:

— Sondou, sim... concedo que talvez inconscientemente...

Ficou calado, desceu do seu pedestal da calçada, que acabara, foi cortar de novo a areia, junto ao outro. Afinal reconsiderou:

— Quando é que você quer que a gente vá lá?

E Roberto o olhou, desconfiado:

— Já quer ir? Por que só agora?

Filipe deu de novo a sua risada suave e seca:

— Pensei que você ficava satisfeito vendo-me concordar em ir...

Roberto não respondeu.

Lá ao longe, no calçamento do fim da linha, viam-se as luzes dos automóveis que passavam. O bonde, ainda invisível, zumbia pelo ar como avião. Apressaram o passo. Agora já se via a luz do bonde, longe. Correram. Chegaram ofegantes quando o bonde já ia embora. Agarraram-se aos balaústres, conseguiram sentar-se, afrontados.

Estavam perto das caixas-d'água, quando Roberto disse:

— Você quer ir mesmo? Serve amanhã?

— Muito bem. De noite?

— Sim; me espere pelas sete e meia, na praça.

Voltou o silêncio. Só o zunido do bonde, o quiriri da cidade.

Na praça, Filipe desceu, convidou para o café. Mas Roberto tinha sono e queria ficar só.

Filipe também pouco demorou na praça; logo tomou o bonde para casa.

A Rua da Leopoldina já dormia, de luzes apagadas. Só na calçada de Dona Albertina a cadeira dela e a do Capitão Nonato ainda estavam de fora; esperava o marido que às onze horas viria do farol.

O Capitão dava risadas grossas, seguras, contando anedotas. E Dona Albertina sorria, bem-educada, franzindo os beiços. O Capitão tinha essa simplicidade ingênua nos seus amores. Não fazia mistérios, amava conjugalmente. O adultério não tinha para ele nem terrores nem recato. E conversava com Dona Albertina, nas horas que não eram as de amor, com a singeleza honesta de que usaria se ela fosse sua mulher. Talvez houvesse nisso a segurança do seu prestígio e do seu poder. Não era capitão de polícia e o rei da rua?

Dona Leonília já se deitara na velha cama de casal, da alcova, estirada de papo para o ar, roncando. Filipe teve que passar debaixo da rede da negrota que dormia no corredor, toda enrolada no lençol de saco, a cabeça coberta como uma visagem.

Entrou devagarinho no quarto, acendeu a luz, sentou-se na rede. Tinha sono, e ao tirar os sapatos ia lembrando a conversa de Roberto, aquilo do impulso sentimental, do enternecimento. Por que é que os homens se enternecem? Sua mãe, por exemplo, não se enternecia nunca. O toucinho era fino como o papel, a farinha sem coculo, não saía um tostão fiado. Mas quando ele era pequeno, ela lhe beijava os pés e o chamava de "meu filhinho". Dizia ela agora que "ter pena é luxo de rico"... Ou luxo de doido...

Sim — por que negar a si mesmo? —, não fora a fria lógica de quem estuda que o levara àqueles caminhos. Foi ternura, foi desgosto, foi o impulso sentimental — que eles agora desprezavam tanto. O "luxo de doido" de que falava sua mãe...

Alegavam muito o marxismo e o socialismo científico e o materialismo histórico — mas tudo isso teria tanta importância, e mormente teria tanta força para os arrastar se não fosse o simples e humano enternecimento?

Fossem políticos frios, como o pretendiam — se haviam chegado ao ponto em que estavam como quem chega ao resultado de uma equação, por mera necessidade matemática de lógica, então por que se chocara ele tanto quando da teoria passara à prática, quando deixara os livros — onde tudo era certo, luminoso, iniludível — e fora lidar com o material humano, caprichoso, incoerente, desconfiado? E estúpido, e ingrato! — Riu-se ante aquela palavra: ingrato... Que não diria o camarada Vinte-e-Um se a ouvisse!

E tivera que se couraçar, se fazer de cínico. Criara uma massa ideal à qual dedicava os seus sacrifícios, sem a confundir com os homens de carne e osso que compunham as únicas "massas" suas conhecidas...

Coitado de Roberto, atravessava agora a mesma crise. E sofria mais, decerto, com aquela natureza sentimental. Tinha pensado em ser herói e receber aclamações — e era tratado como um intrometido e o que recebia eram pontapés... Filipe riu:

"Vamos ver até onde ele aguenta... Literato cuida que operário sai direto dos livros de Rousseau para a fábrica..."

Deteve-se:

"Senhor! Agora já sou eu que repito as palavras do camarada Vinte-e-Um!"

Acabou de arrancar as meias.

No corredor, a negrota gemeu com um pesadelo. Dona Leonília roncava sonoramente. Filipe afinal caiu na rede, e o sono veio logo, abafando o pensamento.

9

NOEMI RETOCAVA UMA chapa. No estúdio ao lado, Seu Benevides fazia posar uma mocinha em vestido de baile. Ela sorria timidamente, tão comovida que os lábios lhe tremiam ao fitar a objetiva, deformando o sorriso que o fotógrafo escolhera.

Na sala da frente, Guiomar, no balcão, discutia o preço dumas cópias com uns rapazes do Liceu, que acabaram se cotizando para pagar tudo. Noemi trabalhava às pressas. Calor. O ar da saleta era abafado como porão de bordo. Seu Benevides devia botar um ventilador. O retoque marchava devagar, arranhando. Corrigia agora uma curva no queixo de uma moça com cara de boneca.

Bem quatro horas, já. Olhou o relógio no braço. Três e meia. Devia estar atrasado uma meia hora. Sempre atrasava. Eram as piores horas do trabalho essas tardes quentíssimas, com os olhos ardendo, lápis na mão, endireitando olhos, narizes, cinturas. Doía a cabeça sempre. Que calor! Agora bocejava. E uma sonolência angustiosa a foi tomando, fazendo vacilar a figura do retoque, zumbir todos os sons de fora num ruído só, enervante, soporífero. Também, na véspera não tinha dormido. O curso político fora até uma hora, depois a caminhada na areia, depois a cena com João Jaques... depois o Guri acordara; e com pouco amanhecera o dia.

*

Vinha saindo do curso acompanhada por Roberto e Filipe. A areia do caminho entrava-lhe nos sapatos rasos. De vez em quando era preciso parar, descalçar um pé, sacudir a areia.

Sentia-se com a cabeça cheia de histórias novas, de mulheres heroicas, livres e valentes. Esquecida, naquele momento, das contingências da sua vida, da disciplina doméstica, da cama comum, da promiscuidade e dos compromissos com alguém.

Era apenas uma alma livre, ouvindo a história de outras almas livres. Fugira do seu centro habitual de gravidade, perdera a noção do pão nosso de cada dia. Naquele momento, nada era moral nem imoral, nada proibido nem permitido; não havia hora, não havia espaço: só a embriaguez do momento de revelação, das possibilidades de libertação.

Sentia que confusamente vinham à tona, naquele instante, todos os sentimentos e desejos sufocados desde pequenina, que se tinham enquistado lá dentro, bem fundo — porque se envergonhava deles, porque lhe diziam que era pecado, mas agora se mostravam estranhamente nítidos e atuais, atropelando-se uns aos outros, desiguais, reabilitados, novíssimos.

E ia recordando:

... a revolta que a tomara uma vez (tinha uns dez anos, então) quando ouvira o pai açoitar o moleque ladrão de níqueis; e o seu ímpeto de o mandar reagir, de fazer o pobre negrinho de olhos cheios de água e cara de cão apanhado mostrar que era valente e não ligava nem para dinheiro, nem para patrão... E da qual depois se acusara ao padre, na primeira confissão — como falta ao quarto mandamento...

A vontade de viajar que a atormentara sempre, de ver as cidades estranhas do outro lado do mar, de aprender as coisas que o mundo ensina, novas línguas, novas multidões; vontade que bastava um anúncio de companhias de navegação num jornal para a deixar quase chorando de ambição frustrada.

O seu vago amor por todos os homens, os sujos e limpos, brancos e pretos, a velhinha arrimada no cacete, o menino triste que não podia entrar no cinema, coisas que sempre escondera, como sentimentalismo pueril... Seus ansiosos desejos de adolescente, a que o casamento decepcionara, cortara as asas.

Tudo isso e muito mais sobrenadava naquele instante. Sentimentos e impressões sufocados, caluniados, envergonhados surgiam agora à luz do dia, vitoriosos, justificados, triunfantes. Podia pensar tudo, desejar tudo. Nada era proibido. Nada era pecado. Sentia-se livre.

A seu lado os dois homens caminhavam falando. Olhava-os com outros olhos. Eram homens, apenas. Nada os separava; ao contrário, a grande humanidade comum os unia.

Roberto parecia ter compreendido os pensamentos dela e sorrindo-lhe disse:

— Está entrando por algum mundo novo, companheira?

Fraternalmente ela lhe pôs a mão no braço. E ele tomou aquela mão, apertou-a na sua, manteve-a segura, preciosamente. Ele também entrava por um mundo novo, e, igual a ela, se embriagava. Mas Noemi compreendeu depressa que o dele era um mundo diferente.

Na frente, Filipe, caminhando absorto, procurava não ter olhos para nada.

Em casa, João Jaques, sentado na varanda de trás, esperava. O chão estava coberto de pontas de cigarro. Na mesa a garrafa de aguardente, a tampa rolando ao lado, um cálice sujo. Quando ela entrou, risonha e serena, ele a olhou com os olhos apagados, e disse apenas, meio rouco e trêmulo, virando o rosto:

— O Guri chorou duas vezes.

Noemi sorriu sem responder. João Jaques levantou-se, acendeu outro cigarro, tornou:

— Chegaram tarde...

Noemi sentou na borda da mesa, foi tirando os grampos do cabelo:

— Realmente, já uma hora... Na verdade custou. Oh, João Jaques, você devia ter ido!

Ele não respondeu, apenas a olhou mais, chupando com força o cigarro.

— O Roberto primeiro falou, depois o Filipe...

João Jaques interrompeu:

— Meu bem, queria que você não fosse mais a essas coisas. Leia, estude e discuta, se quiser. Mas não se meta nessas organizações idiotas, que só terá decepções. Eu já conheço isso tudo desde o Rio... Por que insiste?

Noemi pôs as mãos nos joelhos e por sua vez o encarou, já hostil.

— Eu é que devo perguntar: por que você insiste? Oh, João Jaques, por que você não procura voltar a ser o que já foi?

Ele não se importou com o patético da exclamação. Antes se irritou, insistiu que já sabia tudo, já conhecia tudo. Debalde Noemi exclamou:

— Mas eu, eu não conheço nada, eu não sei de nada e quero aprender por mim!

João Jaques largou o cigarro, chegou para a mulher, fez como se não ouvisse suas exclamações, voltou à insistência:

— Por que você não me promete que desiste? É tudo tão inútil!... E eu não queria arriscar você...

Mas Noemi também não quis compreender, tomada pela sedução do horizonte novo que vira abrir-se à sua frente; foi em vão que o marido continuou dizendo:

— O Guri ainda não dispensa sua pessoa...

Noemi encolheu os ombros:

— Manha! Ele está muito mal-acostumado. E eu preciso ter mais liberdade.

— Mas não é justo que o pobre do menino vá pagar a sua "atividade" e os seus passeios sentimentais!...

Ela saltou da mesa, fitou-o bem dentro dos olhos, como a um inimigo:

— Você sabe que não são sentimentais!

E João Jaques riu maldoso, insinuando:

— Eu? Que é que eu sei? Não sei nada! Por que é que sei?

— Que é que você está inventando, João Jaques? Que é que está envenenando?

Estavam rosto contra rosto, as palavras eram sopradas ardentes na cara um do outro.

— Estou desempenhando o meu papel de vilão... O safado que não compreende. Caluniador, ciumento, que não sabe ver como uma amizade espiritual é bonita e inofensiva.

Noemi, de repente, aplacou a voz, murmurou:

— Não, João Jaques, não invente nada. Por ora não há coisa nenhuma. Eu ainda não tinha pensado em nada diferente. Estava inteiramente embebida numa porção de coisas novas que estão muito acima de mim... Coisas que você nunca se deu ao trabalho de me explicar antes... No mais, para mim, até agora só tem existido você.

João Jaques virou o rosto, desviando os olhos, sacudindo a cabeça:

— Não, não, muita coisa mudou!

A mulher insistiu:

— Não diga isso! Olhe para mim. Em que é que eu mudei?

Pôs-lhe os braços nos ombros, teimou:

— Em que foi que eu mudei? Diga, ande!

Ele lhe segurou a cara, olhou-a uns tempos, com os lábios trêmulos. Foi aproximando o rosto, olhou-a mais longamente, mais triste. De súbito a beijou com rudeza, como se a agredisse. Largou-a.

Foi aí que o Guri, inquieto, acordou, chamou de dentro do quarto. Noemi correu. O pequeno estava sentado no travesseiro, o cabelo em cima da face, agarrado à grade da cama, os olhinhos vesgos de sono. Gemeu, manhoso, pela mãe. Onde é que andava? Tinha ido passear e não o levara? Noemi, ainda irritada, falou seca, tirando o vestido:

— Durma, Guri. É muito tarde.

Mas o pequeno não se conformou. Queria dormir com ela. O pai prometera que assim que ela chegasse levava-o para a cama grande...

— E eu fiquei lhe esperando, mamãe!

Já puxava o beicinho, já duas grandes lágrimas lhe enchiam os olhos, tremendo na beira dos cílios. Noemi tomou o filho nos braços, agarrou-o, apertou-o a si, silenciosa. Ele se calou logo, aconchegou-se ao colo, feliz, consolado.

Todo o resto da noite lhe pesou nos braços, dormindo docemente.

E, quando depois de pensar muito, ela começou a chorar, angustiada, desarvorada, sentindo que talvez

João Jaques tivesse razão, que tudo agora era novo e diferente, as lágrimas que lhe escorriam dos olhos pelo rosto iam cair no cabelo macio do filho, onde se confundiam com o porejar de suor que lhe marejava a testinha.

João Jaques não veio ao quarto.

De madrugada Noemi depôs o Guri na cama, de mansinho, e foi ver o que havia. No divã da sala, de bruços, as pernas penduradas, João Jaques dormia, vencido de cansaço, como se o tivessem abatido com pancadas de morte.

Ao café, ambos cerimoniosos, frios, quase hostis. O travo das amarguras da noite se espalhava, vivo, no dia que começava. João Jaques saiu logo, sem falar. Na porta, segurou o filho, sacudiu-o nos braços, beijou-o ruidosamente nas duas faces. E Noemi, que saiu um pouco atrás e perdeu o bonde, ainda o viu se agarrar aos balaústres do carro, fingindo que não a via, como se lhe fugisse. A moça ia andando pela calçada para apanhar o ônibus na outra esquina; de repente teve necessidade de voltar para recomendar à comadre que não deixasse o Guri brincar perto da cacimba. Por que, já na rua, esse terror repentino da cacimba? O Guri se criara ali, junto do poço. Nervos. Sentiu vergonha. Nervosa, histérica. Mas voltou, fez a recomendação. Foi embora mais tranquila.

Na Fotografia, mal chegou, recebeu de Seu Benevides um monte alto de chapas para o retoque. Mergulhou no trabalho, cansou os olhos, distraiu-se.

O almoço passou sozinho, sem João Jaques, que não apareceu. À uma hora, Roberto estava firme no café.

Notou logo os olhos fundos de Noemi, a cara abatida. Cansada? Sorriu-lhe:

— Cansou com a caminhada e as novidades desta noite?

Ela levantou os ombros:

— Oh, não, foi o Guri que passou a noite comigo. Estou exausta.

Ele se preocupou logo:

— O Guri está muito grande para dormir no colo.

Mas Noemi sorriu:

— O pai também diz isso. Eu me convenço, quero ser enérgica, mas ele então chora, faz um beiço tão trágico, que me comovo...

Roberto ficou com os olhos vagos:

— Você é tão fraca com ele... Eu não compreendo bem isso... Nunca tive filhos... A verdade, entretanto, é que, com o Guri, já vou tendo certos enternecimentos.

— Por que você diz isso? O Guri é uma criança como qualquer outra... Fala assim para me comprar?

Ele a encarou bem no fundo dos seus olhos amarelos, sorriu:

— Já me viu lisonjeando alguém? Mesmo a você?

Noemi encolheu os ombros, meio intimidada:

— Por que você fazer essa exceção para ele, sabendo como eu adoro o menino...

Roberto não respondeu logo, ficou fazendo desenhos na mesa com a ponta da colherinha. Depois disse devagar, como se acompanhasse com a fala as idas e voltas do pensamento:

— Afinal de contas, é natural que eu faça exceção para ele... Decerto porque é seu filho. Naturalmente, porque é seu filho. Por que por outra criança? Não haveria a mesma razão.

Noemi ficou perturbada, foi falar, afinal não disse nada, quis fazer alguma coisa, abriu a carteira, endireitou maquinalmente o batom. Ele lhe acompanhou os movimentos, interessado. E vendo-a apertar nervosamente o fecho da bolsa, sorriu, atirou um níquel à mesa, convidou:

— Vamos indo? Creio que está na sua hora.

Agora na salinha de provas, fazia calor e Noemi se sentia tonta. Vontade de ir embora para casa. Vontade de tomar um banho, refrescar o corpo, a pele escaldante do calor. Vontade de ver o filho, de o apertar nos braços, de lhe beijar as mãozinhas, sempre tão sujas, meu Deus!, de areia do chão, de tinta das paredes, de tisna da cozinha...

Afinal o relógio marcou cinco horas. Ela atirou por cima da mesa o lápis. Deixou-o rolar, cair no chão. Livrou-se da imobilidade, atirou-se para o ar da rua, sofregamente, como um afogado que se atira para a tona.

10

ROBERTO BATEU, ENTROU. Foi o Guri que o recebeu na porta, sujo, de roupa rasgada. E anunciou logo:

— Mamãe está doente.

Roberto o pressentira, na solidão desarrumada da sala, no abandono do pequeno.

— Doente? E de quê?

— Veio uma mulher tratar dela. Trancou-se no quarto, ninguém podia entrar.

Roberto segurou a mãozinha do Guri, atravessaram juntos a sala. No corredor encontraram João Jaques que saía do quarto e explicou logo, às interrogações do outro:

— Uma complicação inesperada... Ninguém sabia de nada direito, nem mesmo ela... De repente, veio isso... Felizmente já passou, já está bem. Você quer entrar?

Roberto hesitou:

— Será que não incomodo?

Mas o marido lhe pôs a mão no ombro, empurrou a porta:

— Não! Não! Não disse que tudo já está bem?

Ela estava deitada, imóvel e pálida, com o lençol branco esticado nos pés, como uma morta. Sorriu para o amigo, deu-lhe a mão. Roberto sentou-se numa cadeira próxima, João Jaques na beira da cama, do outro lado.

Roberto ainda sentia o coração batendo agoniado, depois da pancada repentina, ao sabê-la assim doente. Doente sem ele saber. Durante as horas da noite, Noemi, gemendo, sofrendo, e ele longe, estranho, ignorando. Dormia, enquanto naquele quarto escuro ela cuidava morrer. Perto de morrer, Noemi. Perto de morrer a sua amada. Amada. Para que encobrir, mistificar? Sua pequena, sua amada. Filipe já sabia, todos murmuravam. Queria-a para si, desejava-a, amava-a. Sentia o coração cheio de esperanças, embora não ousasse. Mas esperava, agora é que via como esperava, quanto já tinha esperado. E ela estava ali, a pobre pequena, tão pálida junto do lençol, com os seus olhos grandes e parados, misteriosos. O filho dela brincava no corredor. O marido, silencioso, vigiava. E ele amava-a, queria-a. Na casa dela, na cama dela, junto ao seu marido, ao seu filho, ele sentia que Noemi estava entregue a mãos estranhas, em casa alheia, roubava à sua solicitude. Conteve-se para não lhe segurar as mãos, não a afagar, não lhe perguntar se queria ir embora, ir para casa, tentar compensá-la daquele isolamento.

O aconchego da alcova, da cama, o intimidava, abafava-o como se o pusesse bêbado.

João Jaques pôs o cotovelo no travesseiro onde Noemi deitava a cabeça, recostou o rosto na mão, ficou com a face tão próxima à dela que sua respiração lhe fazia esvoaçar os cabelos fininhos de redor da testa. E aquilo não tinha para ele significação nenhuma, a proximidade da mulher não o perturbava, deixava-o sorridente, desprendido, conversando.

Como por acaso, Roberto pôs a mão na borda da cama. Seus dedos estavam a menos de um palmo dos ombros da moça que a camisola decotada mal cobria. E não podia estender a mão, tocar aqueles ombros. Não podia, nunca poderia. Aquela mulher não era sua, não lhe dera nenhum direito. Estava tão próxima, bastava um pequenino movimento para a tocar e era tão defesa e longínqua como se léguas de terra e mar os separassem. Aquele ombro moreno, redondo, de pele macia, era vedado e impossível, era alheio, sagrado. E ele começou a triturar entre os dedos uma dobra da cama, como o faminto que mastiga papel, folhas, para iludir a angustiosa necessidade de comer.

Noemi disse, de repente, que julgava estar com febre. João Jaques tomou-lhe o pulso, riu:

— Febre coisa nenhuma! Veja, Roberto!

Roberto pegou o braço que o outro lhe estendia, procurou o pulso. Sentiu na mão a vida da moça, o sangue quente batendo, o próprio eco do seu coração. Parecia-lhe palpar esse coração e sentir o seio que o cobria lhe pulsando na palma. Largou subitamente o braço. Noemi perguntou:

— Estou com febre?

Ele esquecera a febre. Corou, respondeu:

— Não, parece que não... O pulso está bom.

Levou constrangido a mão ao cabelo, penteou-o com os dedos. Noemi sorriu. João Jaques, agora, olhava o teto, numa dessas abstrações que lhe eram frequentes. Roberto também se calara e estava ali, grave, mudo, sufocando ousadias. Lembrava um pouco o Roberto fugitivo e desligado dos primeiros tempos, mas Noemi bem que via os olhos com que ele a olhava. Mesmo João Jaques talvez já sentisse aquele ar tenso e passional que abafava ali. E ela, no meio de ambos, imóvel, pobre pedaço de carne dolorosa, maltratada, cuja vida se esvaía aos poucos, enquanto os dois homens se defrontavam, prontos a disputá-la, prontos ambos a saltar um sobre o outro. Bastaria uma palavra, um movimento, para que toda a tranquila ignorância de João Jaques saltasse como uma rolha. E o outro, esse já estava à espreita, até lhe fazia medo com os seus olhos amarelos, duros de desejo e de amor, que a fitavam implacavelmente. Noemi começou a se revolver no leito.

João Jaques recomendou:

— Fique quieta. Faz mal se mexer.

Roberto continuava calado, olhando-a. Noemi afinal não pôde mais, gritou, chamando o filho:

— Guri! Guri!

O pequeno chegou na carreira, e de um pulo saltou na cama, abraçou-se ruidosamente à mãe. Noemi mergulhou o rosto nos cachos fofos do Guri, beijou-o, abraçou-o forte. Roberto, agora, sorria. João Jaques tomou o filho no colo:

— Agora venha cá, amigo. Saia da cama da mamãe.

Roberto ergueu-se:

— Desculpem, tenho que ir.

E falou para a moça:

— Espero que fique boa logo.

Noemi, vendo-o ir-se, criou coragem, perguntou:

— Você está calado, misterioso. Já vai? Por quê? Doença, também?

E João Jaques, por sua vez, indagou:

— Daqui vai ao café? Hoje não apareço. Diga por favor ao pessoal que não espere por mim.

Roberto apertou a mão dele, beliscou a bochecha do Guri e só da porta cumprimentou a doente. Ela recolheu a mão que já estendera e ele evitara apertar. E o homem saiu sério, impassível.

Cruzou rapidamente a porta da rua, atirou-se a um bonde que ia passando. O choque bruto nos balaústres o atingiu no peito, foi como uma punhada num ébrio. O bonde o levou, com os seus cuidados, com os seus desejos.

11

A CONVALESCENÇA DE NOEMI foi rápida. Oito dias depois já estava na Fotografia, mais pálida, mais magra; e à uma hora Roberto já a encontrou no café, sentada junto à mesinha de sempre. Ele estranhou a falta da outra, a Guiomar. Por que não viera? Estava doente, faltava muito. Essas moças solteiras sempre têm doenças. Noemi falava sorrindo, afetuosa.

Roberto se deixou ficar olhando-a longamente, como se a recuperasse. Olhou as mãos magras, os dedos finos onde a aliança dançava. Depois disse, numa constatação feliz:

— Afinal você voltou!

Noemi sorriu constrangida, com medo da alegria dele, com medo, principalmente, da sua própria alegria.

— É verdade, voltei. Mas não tinha demorado muito.

Devagar ele pôs sobre a dela a sua mão e disse gravemente:

— Pois eu achei que foi muito tempo. Parecia até que você tinha morrido. Ninguém deve se separar de mim. Tenho a impressão de que morreu.

Noemi ouvia aquilo pensativa; depois retirou a mão, de manso, e o repreendeu:

— Você leva tudo muito ao trágico, Roberto. Leva tudo muito a sério. Às vezes até faz medo a importância que dá a certas coisas.

— Que coisas?

O olhar dele fiscalizava, esperando a resposta com uma seriedade talvez descabida; e ela se intimidou, sorrindo, atrapalhada.

— A mim, por exemplo... A nossa camaradagem. Empregando uma expressão de Filipe: você me superestima.

Roberto bateu a cinza do cigarro, levou-o à boca, acendeu-o e logo o sacudiu no chão, esmagando a ponta com o pé, devagar. E perguntou baixo, mordendo os beiços:

— Que gosto tem você em sustentar um embuste? Qual é o seu fim? Tem medo?

Os lábios dela tremeram e o sorriso saiu mais indeciso, mais hesitante:

— Medo de quê?

Ele tornou a encarar, foi falando. De repente mudou de ideia, atirou o níquel à mesa, tomou o chapéu, ergueu-se. Disse-lhe adeus numa só palavra, no mesmo tom contido de antes. Puxou a aba do chapéu para os olhos, foi embora sem falar mais nada. E ela o viu sair, trêmula, aturdida. Depois também se ergueu, alisou devagar as dobras da saia, andou maquinalmente para a porta. Roberto já ia longe, seu vulto se perdia na multidão.

Dez passos adiante Noemi encontrou Filipe. Ele bateu palmas:

— Muito bem! Já na rua! Desde quando?

Noemi ia ainda tão atordoada com a saída repentina do outro que quase não soube o que responder.

— Saí hoje. Ainda me sinto meio fraca, mas preciso trabalhar.

— Já viu o Roberto?

— Foi embora neste instante. Ia até zangado.

Filipe acertou o passo pelo dela e insinuou:

— Naturalmente não era zangado com você...

Noemi riu:

— Pois foi. Disse uns disparates, eu não soube compreender logo, ele agarrou o chapéu e foi-se embora, furioso, sem dizer mais nada.

Filipe perguntou se ela ainda não notara que Roberto era muito misterioso. Às vezes parecia até que simulava, para se dar importância. E Noemi defendeu logo que não, que o gênio dele é que era mesmo assim, cheio de altos e baixos; não poderia nunca acreditar que se tratasse de simulação. Até às vezes ele lhe fazia medo!

Filipe, que o considerava meio criança, sorriu desse medo. Seria possível que ela não houvesse ainda reparado em certas ingenuidades de Roberto? Noemi concordou:

— Mas por ele ser criança não é menos complicado. É até mais difícil a gente se adaptar a um homem meio menino do que a um homem qualquer. Com o Guri, por exemplo, que é só menino, a coisa é muito mais fácil.

Filipe insistiu:

— Pois, para mim, ele simula muitas dessas complicações. É com essas e outras artes que a gente seduz as mulheres...

Tinham chegado em frente da Fotografia. Noemi estendeu a mão a Filipe, entrou. Ele saiu andando, de caminho para o seu trabalho.

Vira bem que a irritara quando diminuíra o outro. Meu Deus! Na realidade Roberto era assim mesmo, cheio de mistérios, de simulações, um pouco mistificador. Capaz de arranjar uma atitude para impressionar uma mulher, de se valer de um jogo de cena. Pensou que ela, tão inteligente, também houvesse visto e sentido isso. Mas estava cega e surda, dominada por ele, possuída por aqueles olhos audazes, por aquela ciência de dominar que ele tirava inesperadamente da sua indiferença fugitiva, como um mágico que de repente tira um coelho da cartola.

E ele, Roberto, também estava apaixonado por Noemi, por certo acabaria tomando-a para si. Para isso é que empregava o melhor do seu jogo. O mesmo jogo patético que gastava em seduzir operárias, a mesma argumentação passional. E ela já tinha caído no seu círculo de influência, já se curvava a ele, já se irritava quando lhe constatavam um defeito. Talvez já fossem amantes, quem sabe? Os olhos dela estavam muito vagos. E recordou-lhe os olhos, grandes, parados, distantes. Diferentes dos olhos líquidos e ingênuos de Angelita. Os olhos de Angelita não diziam nada, eram límpidos e sem fundo. Os da outra eram olhos velhos, dormidos. Que vira nela o Roberto para se apaixonar assim? Noemi às vezes falava alto demais. E tinha um filho.

Chegou ao escritório. O outro empregado já esperava na calçada.

Filipe abriu o cadeado, empurrou a porta com o pé. O empregadinho se apressou em ajudar, puxou o ferrolho, escancarou tudo. Tirando o paletó, Filipe ainda pensava naquelas coisas. Como as mulheres estão longe. Mesmo as mais próximas, como Noemi. Mesmo as fáceis, como a mulher do faroleiro que o Capitão Nonato namorava. Ainda hoje, ao passar na porta dela, vira-a na janela, sorrindo para o Capitão que, sempre de pijama, fumava um charuto no meio das suas dálias. E sorrira também para ele, Filipe, ao vê-lo passar. Uma mecha oxigenada de cabelo lhe caía sobre o rosto. E o quimono de chitão, entreaberto, mostrava um colo branco, liso, misterioso. Ai, até numa mulher fácil há mistérios. Nem que seja só os que a roupa encobre. Sempre são mistérios, e o gesto de despir é sempre uma revelação.

Abriu o livro. Números, números, dizeres telegráficos, sem sentido aparente. E na mesa, a pilha dos papéis prontos para escriturar.

Alisou a pena na boca do tinteiro, começou a escrever. Virou máquina.

12

ANGELITA ARRASTAVA PELA mão o pequeno Vladimir, que tinha medo. A um canto da praça, Filipe, Roberto, Noemi e Nascimento conversavam, esperando. Ela se chegou ao grupo e respirou com alívio porque supunha vir atrasada. Nascimento a tranquilizou logo: essas coisas eram sempre assim; três, quatro horas de atraso...

Noemi apertou a mão de Angelita, rindo dos exageros do outro. Depois notou o menino: ai, ela não tinha coragem de trazer o Guri para essas coisas.

Angelita explicou:

— O seu ainda é muito pequeno. Este já carece aprender.

De novo, Nascimento interveio:

— E principalmente tem de honrar o nome que usa...

O pequeno ouvia, de cabeça baixa, indiferente aos paralelos gloriosos que o seu nome sugeria. Não gostava daquela gente, não queria ver a mãe entre eles, tinha medo. E lhe puxava a saia, murmurando que queria ir embora. A gola da roupinha marinheira lhe comia o pescoço raquítico. A perninha fina escarvava o chão, como um potrinho irritado. Angelita o sacudiu:

— Sossega, molenga!

Ele puxou um beiço grande, trêmulo, e Noemi interveio. Para que maltratar o pobre do bichinho! Era tão pequeno para se meter nessas complicações! E a outra, a mais velhinha, a Iracema? Onde estava?

A outra é que tomava conta da casa quando a mãe saía. Tinha já nove anos, uma moça...

Perto deles, ao lado do outro canteiro de grama, um grupo de operários se formara. Paulinho e Samuel estavam entre eles. O judeu estreara um boné de xadrez vistoso e obreiríssimo. Nascimento não se conteve, gritou se ele não tinha medo de espantar a prestação com aquele cobertor. Samuel ia respondendo, mas alguém deu um psiu enérgico; talvez o velho Rufino, que detestava essas escaramuças. A paz voltou.

Já os grupos de operários da Estrada iam saindo do portão. A praça da estação foi se enchendo de ferroviários, de curiosos, de policiais. Guardas de cassetete, importantíssimos, circulavam pelos grupos.

Sem se anunciar, de repente, o preto Vinte-e-Um trepou num banco e abriu o comício. Era contra a Caixa de Beneficência:

— Ladrões, roubam o nosso sangue, roubam o nosso salário, se enchem, e o que fica? Não tem hospital, não tem escola, não tem pensão, não tem nada! Para onde vai o dinheiro das mensalidades? Ladrões, ladrões!

Uns "Apoiado!" tímidos saíram daqui, dali. Alguns espectadores precavidos foram se retirando, correram para pegar o bonde. Vinte-e-Um se alongou, gesticulou, imprecou. E arredondou um final de apelo aos recursos extremos de que podem lançar mão os desesperados.

Depois dele subiu ao banco um operário, velhinho de gravata e óculos que, tirando o chapéu, de palhinha, tratou os ouvintes por "meus senhores". Esse invocava as palavras de Nosso Senhor Jesus Cristo. Lembrava o Sermão da Montanha, a parábola do rico que é mais difícil de entrar no céu do que um camelo por um buraco de agulha.

E enxugando a testa, suado, comovido, gaguejava palavras de perdão, de ameaça e de amor.

Do grupo dos comunistas alguém gritou:

— Besteira! Sermão! Fora o padre!

O velhinho ergueu a voz, mais trêmulo, mais atrapalhado:

— Sermão, não! Estou é invocando o nome de Nosso Senhor Jesus Cristo! O mundo para o qual ele deu o seu sangue não foi o de hoje, que é o mundo da blasfêmia e do Anticristo!

Um negro alto, que ouvia atento, gritou: "Muito bem!"

O velhinho ergueu o chapéu, pediu um viva ao operariado, um viva à justiça, um viva à verdadeira religião. E desceu do banco, ajudado pelos outros, no meio dos vivas e dos assobios, quase chorando e sem deixar de agitar o chapéu.

O intelectual que veio depois era grave e de bigodinho. Disse, de mistura, coisas profundas e lugares-comuns, tudo numa frase difícil e tortuosa que quase ninguém entendeu. Mas teve aplausos. Era simpatizante, novato no meio, um "marxista puro". Enquanto falava, o auditório o mirava curiosamente, como se ele estivesse para vender. E um silêncio atencioso o cercou até o fim.

Subiu então ao banco, magríssima, a cara amarela, a boca murcha, metida num velho vestido desbotado, a mulher do padeiro Daniel, que há quatro meses estava preso. Segurava ela pela mão o filhinho pequeno que bambeava, apavorado, nas pobres perninhas tremelicantes e erguia para a mãe a carinha amarela de opilado, mudo e tonto de terror.

A mulher também tremia, de comoção, de timidez. Disse depressa o seu discurso decorado:

— Camaradas, eu peço a liberdade do meu companheiro. Ele não tem crime, é um operário idealista que se sacrificou pela causa...

Parou, hesitante, circulou o olhar pelas caras que a rodeavam, pelos olhos compadecidos que a envolviam. E subitamente se animou. Ergueu a mão no ar, esqueceu a lição, pôs-se a gritar por conta própria:

— Ele não é ladrão, não é assassino, nunca matou nem roubou! E há quatro meses está preso! E lá em casa se passando fome! Qual é o crime dele? Não é ladrão! Não é criminoso! Quem é que tem coragem de dizer que meu marido é criminoso?

O pescoço da mulher se intumescia de veias, a boca fanada soltava faíscas junto com as palavras esganiçadas, cortadas de soluços, enquanto os olhos traduziam o desespero infinito daquele apelo. Agarrado às suas pernas, porque as mãos açoitavam o ar em gestos de juramento e de súplica, o pobre pequeno soluçava também, vencido de todo pelo terror do terrível momento.

Foi aí que ressoou o tropel das ferraduras e a cavalaria apareceu. O soldado da frente ainda disse qualquer coisa, como dispersar ou carregar, mas a multidão já estourara como boiada espavorida.

A mulher do padeiro preso viu-se de repente sacudida do banco abaixo e, se não fosse o preto Vinte-e-Um, teria ficado estatelada no chão sob os pés dos cavalos. Filipe tomou nos braços o pequeno Vladimir que dava gritos finos de bicho agarrado e foi furando a massa, com a cabeça enterrada nos ombros, arrastando ainda Angelita a reboque.

Em torno dele a multidão se debatia na fuga, empurrava-se, era toda um só grito e um só pavor. E os soldados iam navegando por entre a massa, cavando caminho a espaldeiradas, como remadores desesperados sobre um mar de tempestade.

Roberto, segurando Noemi pelo braço, pisada, machucada, cheia de revolta e alvoroço, conseguiu afinal pôr-se a salvo numa esquina. Mal pararam, porém, da corrida, e se viraram para ver o que ia havendo por trás, um secreta pôs a mão no braço dele:

— Está preso, cavalheiro. E a senhora, moça, vá andando se não quer ir também.

Noemi foi abrindo a boca. Roberto fez-lhe sinal para que se calasse e fosse embora. Ela se afastou uns passos, ficou olhando. Já o carro de presos, a "madalena", chegava, retinindo. A praça estava limpa de gente. Um guarda chamava um automóvel para Filipe, Angelita e o pequeno. Naturalmente o supunha algum pai de família extraviado na confusão. Pelas esquinas uns retardatários iam se sumindo, rápidos. Noemi viu Roberto ser empurrado para a "madalena", no meio dos outros. Viu o boné novo de Samuel cair no chão quando o empurraram para a portinhola. Depois chegou o carro branco do pronto-socorro e levantaram do chão o corpo dum negro enorme, de cara de criança, aquele mesmo que apoiara o velhinho do sermão, e agora se estirava no calçamento, de pernas abertas, com um rombo de sangue preto na fonte, a barriga subindo e descendo, numa ânsia.

13

De novo João Jaques a esperava, inquieto e aborrecido. No canto da sala, o Guri brincava com as pedras dum velho dominó desparelhado. Noemi entrou sem falar com ninguém, sacudiu ao acaso a bolsa sobre uma cadeira, dirigiu-se para o quarto, estirou-se no leito, vestida, de sapatos. O marido a acompanhou, encostou-se ao espaldar da cama:

— Você desta vez também não acha que este comício foi pura provocação? Acha que hoje, também, eles tinham toda a razão no que estavam fazendo?

Ela não respondeu, nem sequer o olhou. João Jaques, porém, insistiu:

— Comício não é aquilo; comício só se tenta com massa que apoia, que reage. Comício aqui é loucura, é provocação simples. Uns idiotas, uns aventureiros. E o mais doido, o que tinha mais obrigação de ter noção das coisas porque veio do Rio, conviveu, aprendeu, era o Roberto...

Noemi não se conteve mais, revoltou-se:

— Você está com essa conversa toda porque ficou em casa! Respeite ao menos os companheiros presos! E esse homem que eu vi morrendo!

João Jaques se interessou: Ah, Roberto fora preso? Devia ter adivinhado pela entrada dela... Quem mais? Naturalmente Samuel, Paulino, Filipe... Filipe não? Pois ela estava muito enganada. Nesses momentos é que é indispensável a crítica... Os seus "mestres", tão sábios, já lhe deviam ter ensinado isso... Nada de respeitar romanticamente os vencidos. É criticar sem compaixão, ver as causas do fracasso, aprender a prever e a prevenir... Estava mesmo muito satisfeito com a justeza das suas previsões...

Noemi ajoelhou-se na cama, olhou-o bem na cara:

— Você está satisfeito é porque ele está preso!

João Jaques sorriu com maldade:

— Se entrarmos nesse terreno eu também posso lhe dizer que o seu desespero todo não é porque o comício falhou, mas por causa dessa prisão...

Ela gritava quase, agora:

— Você é um covarde! Diz isso porque ficou em casa! Porque naturalmente teve medo de ir! Queria que você estivesse lá, visse a mulher do Daniel, visse os cavalos pisando o povo e o pobre do negro estirado no chão! Você não tem direito de falar, é um medroso, um covarde!

Ele a agarrou pelos ombros, sacudiu-a com força:

— Você sabe muito bem que não tenho medo, nunca tive, de polícia, de pata de cavalo e muito menos desse cachorro com quem você vive metida... Você o que quer é encobrir com capa de revolução muita coisa ordinária. E não fique pensando que eu...

Ia falando mais, ia talvez lhe bater, mas calou-se de repente, largou-a. Deixou-a chorando, embolada na cama, saiu devagar, pôs o paletó, o chapéu, ganhou a rua.

14

OITO DIAS DEPOIS, quando Noemi saía do emprego, às cinco horas da tarde, encontrou Filipe à porta, que a esperava. Foi contando logo, satisfeito, a boa-nova. O homem tinha sido solto pouco antes, fora tomar um banho, trocar de roupa, comer. Mandara-o para lhe pedir as alvíssaras e avisar que iria visitá-la, logo à noite. E agora, onde estavam essas alvíssaras?

Noemi procurou sorrir, dominar a comoção. Afinal, a liberdade de Roberto interessava tanto a um quanto ao outro. Não eram ambos companheiros e amigos? Mas Filipe riu alto, sem engolir a desculpa.

— Ora, Noemi, não convence... Nem compare!...

Ela riu com ele, mas não disse nada; visivelmente queria evitar confidências. Não eram poucas as complicações que havia. Para que confissões a mais? Bastava o que ele já adivinhava.

Filipe continuava falando: vinha pálido, o rapaz. Parece que tinha passado mal, dormido no chão...

Noemi recomeçou a caminhar, respirou aliviada:

— Mas felizmente já passou, nem vale a pena falar mais nisso... E os outros?

Os outros ainda estavam presos. Só tinham sido soltos Roberto, porque o gerente do jornal se interessou muito, e Samuel, porque não se sabe quem pediu por ele também. Parece que o comerciante que lhe vendia fazenda para negociar e era troço na maçonaria. Os outros todos continuavam na chave.

— E você tem sorte, hein, Filipe?

Ele sorriu o seu sorriso impassível, desagradado da observação: realmente, nunca o tinham prendido.

— Creio que é por causa do meu aspecto que inspira confiança... Não tenho cara de carbonário nem de agitador. Para alguma coisa me havia de servir ser pequeno e magro, com estes ares inocentes. Quem me vê metido nessas coisas pensa que estou espiando apenas por curiosidade...

— Creio que desta vez quem o salvou foi o menino de Angelita. Pensaram que você era um pobre pai de família...

— É... e tive a boa ideia de mandar o guarda chamar um automóvel...

— Mas qualquer dia quebra-se o encanto — profetizou Noemi.

Ele levantou os ombros:

— Nesse dia vou preso, pronto. Pensa que sinto medo? Terá até as suas vantagens, porque o pessoal já anda dizendo que é bem capaz que eu seja da polícia... O fato mesmo é que eu não dou nas vistas como o nosso herói...

Chegaram à praça. Já ia arrancando o ônibus que servia a Noemi. Ela correu um pouco, apanhou-o afinal e fez um gesto com a mão a Filipe, que ficou na calçada.

*

Chegou sorrindo, quase tímido, ele tão afoito. Aquela visita parece que lhe significava muito, depois de tantos dias separados.

Ela sentia o rosto quente, o coração batendo, doido, em pleno pânico. Não se disseram nada, Noemi apenas sorriu sem saber o que falar, naquela hora. Afinal pôde perguntar:

— Então?

Roberto sorriu também:

— Estou aqui.

Sim, estava ali. Sentado, de pernas cruzadas, vendo-a, pegando-lhe a mão. Ontem via-se longe dela, do mundo, de tudo, esperando ser embarcado, atirado a um porão, desterrado entre presos para qualquer cadeia longínqua. Mas tudo de ruim passara, tinha-a de novo debaixo dos olhos, ao alcance da mão. A casa estava deserta e silenciosa. O Guri dormia, João Jaques saíra. Só a comadre, de vez em quando, ainda fazia retinir um prato ou um talher na sala de jantar.

Noemi tentou falar de novo:

— Vamos, conte alguma coisa! O que fez, o que viu?

Ele porém não respondeu, fixou os olhos num dos retratos que representava o Guri sentado ao colo da mãe e depois perguntou de manso, como se só aquilo o preocupasse:

— Que é que está tendo tanta importância agora: é o fato de eu ter sido solto ou o de estarmos juntos de novo?

Noemi não respondeu, sentiu que a hora era séria, não quis mentir e não teve ânimo de confessar. Roberto voltou-se, cravou os olhos no rosto dela. Ambos estavam graves, tristes, assustados. Ele apertou a mão da moça e continuou:

— Você acha que isso que está acontecendo parece uma tragédia?

Noemi baixou a cabeça, cobriu com a outra mão a mão dele que repousava no seu colo:

— Talvez, mas já a esperava. Creio que por isso mesmo tive medo quando você entrou.

Estavam sentados em duas cadeiras próximas e Roberto apertou com mais força as mãos dela:

— Você agora precisa ter coragem.

Noemi curvou de novo a cabeça, submetendo-se. Não fora assim que ela sonhara a confissão. Esperava arrebatamentos, beijos, lágrimas. E nada disso acontecera. Sentia uma espécie de tristeza, nenhum alvoroço, nenhuma alegria, somente aquela constatação irresistível. Parecia-lhe que nada tinha com aquilo, que apenas tomava conhecimento do que sucedia. Deve ser assim que se comete um crime: com essa força invencível arrastando, fazendo agir, e essa lucidez melancólica e impotente constatando. Roberto parecia sentir necessidade de falar, de criar com palavras, apressadamente, um irrevogável:

— Temos que falar imediatamente a João Jaques. Vou procurá-lo ainda hoje, dizer tudo. Não há mais razão para você ficar com ele.

Noemi se assustou. Tudo naquela noite, na mesma noite? Não, não!

— Quem deve falar sou eu. A questão é entre mim e ele. Você não tem que se envolver.

Roberto virou-se, agressivo de súbito, encarando-a com uma desconfiança que era quase inimizade:

— Pretende esconder alguma coisa? Tem que dizer tudo a esse homem. Era a pior das indignidades, você enganar a ele e a mim.

Os olhos dela se magoaram com aquela suspeita do amigo:

— Por que você é tão fácil de ofender? Por que é que eu iria lhe enganar?

Roberto ainda estava sombrio, duro, não se adoçou:

— Tudo é contra mim. Você vive com ele, tem um filho dele, pode se arrepender destas palavras que disse agora.

— Por que você duvida da minha sinceridade? Acha que só o que houve até agora foram estas palavras? Tem coragem de duvidar de quanto eu gosto de você?

O sentimento com que ela falou convenceu o rapaz e ele mudou de repente. Tornou a segurar as mãos que soltara, apertou-as com força, murmurou suave, carinhosamente:

— Não, meu bem, não duvido. Fico esperando por você. Confio em você.

Ergueu-se. Apanhou o chapéu, encaminhou-se à porta. Pela primeira vez, naquela noite, Noemi sentiu que uma tonteira amorosa a possuía, um desejo violento de que ele a agarrasse nos braços. Roberto já estava na soleira, abria a porta. A moça chegou bem próximo, pôs-lhe a mão no braço.

— Roberto, por que você não me beija?

Ele hesitou, olhou a calçada onde ainda passava gente; mas no momento só se via um casal de namorados, agarradinhos. Entretanto Roberto não ousou:

— Você não acha que é impróprio?

Ela sorriu, sem saber a razão da sua audácia, insistiu:

— Agora, isso é o menos...

Já os olhos dele atendiam aos dela, toldados, meio cegos. Tinham as mãos presas uma à do outro, já ele ia inclinando a cabeça, muito próximo. Mas na calçada fronteira apareceu um vulto. Soltaram-se. Noemi disse baixinho:

— João Jaques.

Roberto perguntou, sem se voltar:

— Viu alguma coisa?

Ela não respondeu, não sabia. O marido chegou, deu boa-noite.

Roberto disse que já ia saindo. A mulher perguntou para João Jaques:

— Você já sabia que o Roberto tinha sido solto?

— Já, já o vira à noitinha, no café.

Roberto deu a mão a ambos e afastou-se.

João Jaques atravessou a sala, silencioso. Noemi ficou fechando a porta, tão trêmula que mal podia agarrar o ferrolho. A máscara sombria do marido a enchia de pena, de susto, de medo. Vira, ele? E que visse, já tudo não estava decidido? Mas a sensação penosa de terror não passava. Dirigiu-se para o quarto, esperou a explosão. João Jaques, porém, não disse nada, encaminhou-se calado para a área, foi lavar o rosto. Os momentos que ele demorou foram, para Noemi, angustiosos como uma dor. Por que a criatura não falava? Não vira nada? Na verdade, não precisava ver coisa nenhuma, bastava encontrar o outro à porta para que se produzisse aquela atitude contrafeita e silenciosa.

Acabando de lavar o rosto, João Jaques encostou-se ao parapeito, ficou fumando.

Noemi quis se erguer, cumprir a promessa feita a Roberto, dizer tudo. Explicar que gostava do outro, que iria embora com ele. Que tudo era uma coisa terrível e involuntária, e lhe suplicava compreendesse, aceitasse os fatos. Visse como Roberto procurara ser leal, decente... Que ele, João Jaques, só teria a lamentar as saudades do filho...

O filho dormia no quarto próximo, na caminha de grades, como um lindo animalzinho na gaiola. A face repousava na mão, o respiro manso subia e descia, de leve.

João Jaques nesse instante voltava. Entrou pelo quarto do Guri, olhou-o algum tempo, aconchegou-lhe a camisa. Depois caminhou para a alcova, foi se despindo, devagar. Ela também trocou de roupa, sentou-se na cama, sacudiu fora os sapatos, as meias. Deitou-se. João Jaques deitou-se ao lado, acendeu um cigarro, ficou fumando, olhando o forro. Dez vezes ela quis falar, não pôde, ficou fingindo que dormia.

15

A ENORME CAMA ATRAVANCAVA tudo. Dois passos para um lado, dois para o outro, duas paredes fechadas, a porta para o quarto do Guri, a porta do corredor — e era toda a alcova.

Noemi acordou com o grito do leiteiro. O lençol estava quente, o travesseiro lhe ardia no rosto e as moscas passeavam por cima deles, zunindo. De costas para ela, João Jaques ressonava, o lençol sobre o ventre, o pijama arregaçado nas canelas. Dormia como quem trabalha, cansado e resfolegando. Às vezes, mexia-se, gemendo, e parecia mais cansado.

Numa cantoneira, o despertador, com a hora do trabalho marcada, ia andando, depressa. Noemi ergueu--se. O calor era tanto que o sono nem repousava, e ao acordar, de manhã, o corpo lhe doía todo.

Do quintal vinham as risadas do Guri, ajudando a comadre a matar uma cobra de duas cabeças.

Quando Noemi voltou do banho, enxugando os cabelos, João Jaques já tinha acordado também e se deixava ficar sentado na cama, palpando, pensativo, os ossos do rosto. Ouvindo os passos da mulher, levantou os olhos, fitou-a longamente. Ela estremeceu. Seria talvez a hora de falar?

João Jaques estava com o olhar distante e apagado, sem a vivacidade de todo dia. Talvez fosse sono. Não falava, não dizia nada. Concentrava-se em si mesmo, desdenhava o mundo em redor, fechava os ouvidos e os olhos para tudo. Quando Noemi sentou na cama para calçar as meias, ele saiu do quarto. Saiu sem a enxergar, olhando através dela, como se a mulher fosse transparente. Já Noemi estava pronta quando ele voltou, daí a pedaço. Felizmente deixara o seu ar de fantasma, virara gente de novo. Trazia o filho nos braços. E o Guri, triunfante, equilibrava a cobra na ponta de uma vara, dando gritos agudos de vitória. João Jaques ria com o menino, mostrava a cobra à mulher, gozando o triunfo.

— Está vendo a caçada do meu filho? Matou a jiboia que estava guardando a princesa encantada!

E o Guri, todo sanguinário do combate, sem pensar em galanterias, ajuntava:

— Agora vou matar é a princesa encantada!

Uma risada só uniu pai e mãe. Noemi se aproximou dos dois, fazendo rodeio, com medo de tocar na cobra, beijou o filho:

— Não, seu bobo, ninguém mata a princesa encantada, não! A princesa é para você casar com ela.

Mas o Guri não quis saber:

— Não, hoje é dia de matar! Não quero saber de casamento.

João Jaques o depôs no chão, devagarinho, sempre com a cobra a pender da vara:

— Agora vá enterrar sua jiboia. Cave um buraco bem grande e enterre a bicha com todo o cuidado para ela não envivecer de novo...

Sentaram-se os dois à mesa do café, sorridentes, animados. João Jaques assobiava, olhando para a nesga de quintal que se avistava da varanda, vendo o Guri cavar no chão com uma pazinha, laboriosamente, a sepultura da jiboia.

Agora, menos que nunca, Noemi sentia coragem de falar. Seria o mesmo que ferir um inocente. Demais, a realidade cotidiana se apossava dela com toda a força da repetição e do hábito. E a rápida cena com Roberto, na véspera, parecia um acontecimento muito antigo, ou uma aventura vivida por criaturas de romance, sem consistência, fora do plano imaginário. Seria absurdo falar naquilo agora, perturbar a alegria da manhã com pesadelos da noite.

E a moça já não via Roberto, nem o seu amor, nem as promessas de ternura e de paixão. Só sentia que a paz, a preciosa paz daquele instante não devia ser perturbada. O marido, ao lado, era o velho companheiro, o amigo, o pai do Guri. Os conflitos, as queixas mútuas estavam longe, apagados.

Ele lhe estendia agora a xícara, no velho gesto costumeiro de há tantos anos. E Noemi a encheu de boa vontade, passou-a sorrindo, amigavelmente.

16

NESSE DIA ROBERTO não a foi encontrar à entrada da Fotografia, nem apareceu no café. Só a viu à noite, no curso, em casa de Angelita. Aproximou-se dela, perguntou-lhe baixinho se falara. Hesitante, Noemi respondeu que ainda não.

O rosto dele fechou-se como a um insulto ou a uma dor. Não disse nada, saiu para a roda dos outros, sentou-se no banco que lhe tinham guardado. Começou a explicar o ponto do dia, contando episódios soltos das jornadas de outubro. Às vezes abria um livro, citava um trecho. Noemi ouvia, mas quase não entendia nada, perturbada pela atitude dele. Sentada num caixote de pinho, Angelita escutava devotamente. Num tamborete, uma matrona gorda, de arrecadas de ouro — a mulher de Rufino —, ouvia com muita compostura. Nascimento também escutava, esperando a sua vez de falar.

De quando em quando dava um aparte, completando a frase de Roberto.

Outras mulheres lá estavam também, a costureirinha Ester, a magra Maria do Carmo que usava o pseudônimo de Sônia, sardenta e de olhos gázeos.

Dois meninos do Liceu igualmente escutavam e de vez em quando um deles escrevia notas, discutindo baixinho com o companheiro, ou pedindo em voz alta uma explicação.

A lamparina avermelhada tremia com o vento que passava pelas frinchas da janela fechada. As sombras dos ouvintes e do mestre subiam pelas paredes como fantasmas silenciosos e inquietos.

Roberto falava como uma máquina, sem entusiasmo e sem expressão.

Não olhava para ninguém, não se dirigia a ninguém. Dava o seu recado e nada mais. E evitava principalmente olhar para Noemi, que, ao contrário, não lhe tirava os olhos do rosto e se embebia toda de amor, sentindo-se capaz, agora que o via perto e João Jaques estava longe, de todas as audácias e todas as revelações.

Afinal, às onze horas, a interminável conferência acabou.

Durante o discurso de Nascimento, que se seguiu ao seu, Roberto encostou-se à única porta aberta, a do fundo do corredor, e ficou fumando, deliberadamente afastado. E quando, no fim, todos começaram a sair parceladamente como de costume, ele foi se retirando também silencioso.

Mas Noemi lhe pôs a mão no braço:

— Não quero ir só, Roberto.

Saíram juntos.

Andaram um pedaço, em silêncio. Ela não sabia o que falar, ele não queria. Por fim a moça perguntou o que sucedia.

— Nada, estou esperando. Não sei ficar pedindo, nem mesmo a você.

Noemi mordeu os lábios:

— Você ontem não disse que é indispensável ter coragem? Pois tenha agora, para atravessar esse pedaço.

Roberto encolheu os ombros, continuou sombrio.

— Não sou eu que preciso de coragem agora. E foi você própria que me impediu de falar.

Outro estirão de rua em silêncio. De repente Roberto viu que os ombros de Noemi estremeciam, de espaço em espaço. Levantou-lhe bruscamente o rosto: ela mordia os lábios e os olhos reluziam cheios de água.

A rua era pouco iluminada, pobre, quase deserta. Rodeando-lhe a cintura com o braço, ele lhe cingiu o corpo com força. Mas não falou; ela é que disse afinal:

— Você não compreende como me é difícil falar. Ele é bom, sincero. É doido pelo filho. Nunca me enganou. Tenho tentado dizer dez vezes. Quando vou falar, não posso. Faço o possível, mas não posso!

O homem parou de caminhar, disse bruscamente:

— Quem sabe se você não gosta de verdade é dele? Talvez eu seja apenas uma novidade.

O rosto que Noemi ergueu, encarando-o, estava tão cheio de tristeza e ternura que Roberto baixou a cabeça, envergonhado.

— Vocês, homens, não procuram compreender nada. Insultam logo. É possível que você não entenda? É possível que não tenha compreendido ainda? O que eu acho difícil é chegar junto desse homem que me quer bem, que sempre foi bom para mim — ele sempre esperou tudo no mundo de mim! —, pois chegar junto dele e dizer de repente: "Não gosto mais de você, vou-me embora. Levo seu filho, deixo você sem nada porque preciso ser feliz..."

Mas Roberto protestou:

— E eu? Por que você não pensa também em mim? Também não tenho direito a nada? Só ele? Por que você não se lembra um pouco de mim?

Noemi sacudiu a cabeça, lentamente.

— Ora, você nunca se habituou, nunca viveu comigo. Tudo ainda vai começar, agora... O que eu acho — queria que você compreendesse, Roberto! —, o que eu acho é que é um egoísmo horroroso a gente pisar em tudo, esmagar tudo, só porque eu quero conseguir a *minha* felicidade, a felicidade da minha pessoa...

Roberto soltou-a, afastou-se.

— Pois me sacrifique.

Ela porém se aproximou, agarrou-lhe as mãos, acariciou-lhe delicadamente os dedos:

— Por que você não é meu amigo, não me ajuda? Por que me põe a faca no peito, assim? Numa situação como a nossa, que custa um dia ou dois?

Ele tornou a lhe abraçar a cintura, murmurou:

— O que me admira é você poder viver com esse homem, depois de tudo... E é possível que ele não compreenda nada? Você não vê que, para ele, qualquer demora é até pior?

Noemi não respondeu, recomeçou a chorar. Chorava em silêncio, com as feições imóveis, as lágrimas escorrendo dos olhos, lavando mansamente o rosto. Roberto lhe tomou a mão, foi-lhe beijando os dedos, de leve, depois a palma, o pulso. Disse, afinal, ainda com a palma macia encostada à boca:

— Bem que eu ontem lhe perguntei se isso que estava acontecendo não seria uma tragédia...

— E eu também lhe disse que estava com medo.

Chegavam agora ao fim da rua deserta, de chão de areia. Desembocaram no calçamento, junto ao poste do bonde. Pararam, já afastados, silenciosos, no meio da claridade. A luz de um ônibus apontou lá longe.

Roberto chegou-se de novo à moça, murmurou-lhe num tom opresso e breve, olhando o chão:

— Meu bem, queria lhe levar para o meu quarto. Queria que você fosse, de qualquer maneira. Não quero que me deixe agora.

Com os olhos ainda vermelhos do choro pregados na luz distante do ônibus, a mão torcendo nervosamente a ponta do cinto, ela discordou, cheia de desânimo.

De que servia? Tinha que ir embora sempre! Haveria de ser muito bom, mas ele se esquecia do Guri. Não poderia nunca abandonar o filho, assim... Primeiro devia arrumar tudo, conseguir que João Jaques abrisse mão da criança...

Mas Roberto não ouvia nada, insistia:

— Queria que você fosse comigo. Ao menos um momentinho só. Não faça eu ter raiva e ciúme do seu filho...

Chegaram à porta da pensão, ele tirou uma chave do bolso, foram subindo cautelosos a escada escura. Entraram no quarto, Roberto acendeu a luz. Noemi se sentou na cadeira junto à mesa em que ele escrevia, passou a mão pelo bloco de papéis, pelos livros atirados à toa. Roberto se chegou por trás, curvou-se, cingiu-lhe o busto com os braços, ficou algum tempo com a moça assim abraçada, silencioso, com o coração a sufocá-lo. Depois, curvou-se mais, começou de manso a esfregar o rosto no cabelo macio, beijou-lhe a nuca, o pescoço, o queixo. Virou-lhe o rosto, e muito tempo ficaram assim, perdidos em beijos rudes, mudos. Afinal Noemi se ergueu, afastou as mãos dele que lhe tateavam a roupa, o corpo. Recompôs-se lentamente, murmurou:

— É melhor que eu vá embora.

Roberto ainda exclamou que não, cego e surdo a tudo que não fosse ela. Mas, diante do espelhinho da cômoda, já Noemi refazia o cabelo, repunha a boina.

Saíram. As luzes da rua foram acompanhando as duas sombras próximas, caladas. Iam tristes, decepcionados. À porta dela, quando se despediu, ele disse então:

— Você está vendo bem que isso não pode continuar assim.

Sem ternura, como se lhe apontasse uma falta, qualquer falta. Antes, talvez, com rancor.

Noemi entrou no quarto vazio. João Jaques não chegara ainda.

Esquisito, o amor. Parece uma luta, a gente parece inimigos. Vontade de possuir, de mandar, de dominar. Desconfiança. Fiscalizando, esmiuçando nuanças de voz, entonações, olhares. Tudo fica intoxicado, doentio. Entre Roberto e ela já não havia mais hiatos de paz, de amizade, de camaradagem serena. Foi-se embora isso tudo, assim que se disseram as primeiras palavras de amor. Hoje era só aquela tensão, aquela necessidade recíproca e angustiosa de se verem, aquela força bruta que a atirava para os braços dele com os lábios trêmulos e o coração quase parando.

17

FELIZMENTE COMEÇOU ENTÃO uma fase de muito trabalho. Chegara um delegado do Rio para resolver os conflitos internos da organização, conflitos que cada dia mais se agravavam e enfureciam.

Roberto mal chegava para preparar as reuniões, redigir memoriais, cabalar, acompanhar o delegado. Até Filipe se deixava tomar por aquela atividade febril que dominava todos. Vivia de roupa amarrotada, misterioso, andando sempre da casa de um para a casa de outro, metido sempre em longas conferências.

Noemi conheceu o delegado numa grande reunião a que assistiu pela primeira vez como "regular". Era um homem alto, esguio, de olhos azuis, cara de menino que cresceu muito. Falava brando e em voz baixa. Usava uma paciência sem fim para ouvir arengas intermináveis, abanando em silêncio a cabeça, aprovando ou discordando, sem deixar de fitar o orador amigavelmente, com os seus olhos azuis de expressão infantil. E quando chegava a sua vez de falar, dizia coisas duras, suavemente, como se fizesse elogios, sem perder o seu ar afetuoso e impessoal.

Ele é que fazia as contas, apontando-os de um a um com o dedo magro estendido, os braços levantados na hora da votação. E constantemente tomava notas ligeiras no seu caderninho de capa verde.

À saída, Roberto e Filipe, como de costume, acompanharam Noemi até em casa. Era uma tarde de domingo, os bondes cheios de gente, as ruas cheias de moças.

Cansados de dia inteiro de trabalho e atenção, caminhavam devagar, conversando coisas alegres. Filipe começou a contar o último acontecimento da sua rua: Dona Albertina, a mulher do faroleiro, traía o Capitão. E com um telegrafista de rádio, com quem todos os dias conversava à janela, nas horas em que o Capitão dava serviço no quartel e o marido ouvia o ronco do mar, isolado do mundo na torre do farol.

Foi na bodega de Dona Leonília que o Capitão soube da traição, pela boca de Dona Senhora, a mulata gorda que engomava para os padres do Seminário. O Capitão não disse nada, apenas bebeu mais dois tostões de aguardente. Chegando em casa, pisou nervosamente num pé de dália, dos mais bonitos, que ficava rente à cancela, e bateu com força a porta de entrada. Agora, toda a rua estava suspensa, esperando a tragédia. Durante todo aquele dia Dona Albertina não pusera a cabeça de fora. E Filipe sorria, concluindo:

— Até eu estou ansioso para chegar e saber o que houve... Sempre peruei aquele namoro... Nunca esperei que acabasse assim.

— E eu aposto que a faroleira se arranja — falou Roberto.

Defronte à casa de Noemi, o casal de namorados cochichava, como sempre, sentado em duas cadeiras bem juntas, na calçada.

Quando Noemi enfiou a mão no postigo, para abrir a porta, o Guri gritou de dentro, e saltou sobre a mãe, rubro de alegria e da carreira.

Sentado à mesa de jantar, sozinho, João Jaques tomava a sua sopa. Os dois rapazes entraram, sentaram-se também, a comadre serviu o café.

Noemi ficou entre os três, passando o açúcar a um, o pão ao outro, procurando falar, animá-los, suprindo o constrangimento com risadas e com palavras. Roberto, acabando o café, pôs o Guri na perna, contando-lhe histórias, coisas extraordinárias de bichos miraculosos, de valentões. João Jaques, calado, abstrato, machucava entre os dedos as migalhas de pão que ia apanhando sem olhar, por cima da toalha. Só Filipe ficava à vontade, contando as anedotas que já circulavam sobre o delegado, sua ingenuidade, uns amores que já lhe tinham arranjado. Noemi não acreditava nos amores.

O homem era desengonçado, não parecia ser como todo homem. Era feito um menino, sem sedução viril...

João Jaques saiu da sua abstração, ajudou:

— Sem *sex appeal*...

... isso, *sex appeal*; não acreditava que interessasse a mulher nenhuma. A moça falava alto, procurando arrastar o marido para a palestra, tornar o assunto comum.

Mas João Jaques, depois de soltar seu curto aparte, voltara a se confinar na sua indiferença, fugindo ostensivamente a tomar parte em qualquer conversa que se referisse à organização; e aos poucos se ia aproximando de Roberto e do filho, inconscientemente cioso, com vontade de arrebatar o menino ao outro, levá-lo consigo para longe daquela gente. O Guri, porém, ria, muito alegre, agarrado à gravata de Roberto. E Noemi, parando de falar, olhava a alegria dos dois, embevecida.

João Jaques se virou de súbito, encaminhou-se para a cadeira onde punha o paletó:

— Vocês me desculpem, mas tenho que sair. Marquei hora.

Os rapazes também se ergueram:

— Vamos com você.

Noemi os acompanhou até a porta, ficou a olhá-los de lá, com o Guri seguro pela mão. Seu coração ficava assustado sempre que via juntos João Jaques e Roberto. Sempre medo, por quê? Já não estava disposta a tudo? E tinha medo, entretanto.

Voltou para dentro, soltou o Guri na sala. Acendeu a luz do quarto. Deitou-se, abriu um livro. Muito tempo ficou procurando ler, com o pensamento indeciso, dolorido, fugindo.

Olhou o despertador: já quase oito horas! O filho conversava na cozinha enquanto a comadre lavava a louça. Gritou por ele que viesse dormir. O Guri chegou, risonho, imperioso:

— Só durmo se for na sua cama.

Noemi o despiu da sunga, vestiu-o no camisolão comprido, descalçou-o, trouxe-o para a cama.

— Cante, mamãe.

Noemi obedeceu, começou a cantar baixinho coisas doces de embalar. A cabecinha crespa lhe pousava no ombro, o bracinho roliço lhe envolvia o pescoço.

Aos poucos foi parando de cantar. Foi dormindo também. O Guri abriu um olho, exigiu, sonolento:

— Cante mais, mamãe.

18

TANTO PROJETO DE lealdade, tanta exigência de franqueza da parte dele, e afinal nova fuga, nova escapada clandestina e inevitável.

Agora, depois da hora febril de amor, estavam os dois na cama estreita, vencidos e angustiados, de corpo cansado e coração insatisfeito.

Roberto repousava a cabeça no ombro da mulher, deixava-se ficar agarrado a ela, de olhos fechados, aspirando o cheiro morno que lhe subia do colo.

Ela, sentindo ainda pelo corpo o sinal ardente das mãos amorosas, corria os olhos pelas paredes nuas, pelos livros atirados na mesa e nas cadeiras, pela cama, pelo corpo do amigo aconchegado em seus braços como um menino que dorme, farto do seio.

Um dos braços dele caía-lhe ao longo da perna, segurava-a ainda. Noemi sentia no joelho aquela palma ardente a envolvê-lo, o polegar comprimindo com força a pele elástica. Parecia-lhe que nunca mais deixaria de sentir o calor daquela mão, a pressão dos dedos cravados na sua carne. Com aquele gesto, sentia que Roberto marcava muito mais a sua posse do que com todo o angustiado ardor de momentos antes.

Duas vezes em dois dias um homem se aninhava assim em seus braços, buscando-lhe o calor e o conforto do colo, depois dos esforços do amor. Ontem o marido, hoje Roberto. Carne fraca e miserável. Ontem um, hoje o outro. De que lhe serviam as resoluções, o desejo desesperado de ser sincera e não enganar nenhum! No fundo, não tinha coragem nem energia, acabava sempre deixando-se levar pelo desejo deles, compadecida e atormentada.

Poderia talvez dizer que ontem fora o desenlace, a última experiência. Quando João Jaques voltou, tarde da noite, ainda a achou na cama, vestida, dormindo com o Guri nos braços. Acordou-a, tirou-lhe o filho. E logo começou a explicação, a eterna explicação sobre o afastamento dele, o seu nojo por tudo aquilo, a intimativa violenta a que ela se afastasse também. E amontoava escárnio sobre o tal delegado, a conciliação, sobre o irremediável ridículo daquelas disputas intestinas.

Noemi quase não respondia, vendo, naquele ardor apaixonado com que João Jaques pretendia esmagar tudo, apenas a raiva cega do seu caso pessoal. Antes ele ficasse calado. Seria mais bonito, mais próprio. O que ele mostrava era só um homem furioso de ciúme. E entretanto, quando João Jaques começou a aludir a Roberto, ela não pôde fugir de o defender, contra todos os seus propósitos de silêncio, quase sem querer:

— Por que ofender os ausentes?

João Jaques exaltou-se, procurou insultar, falando alto:

— Por que essa mistificação de "ausente"? Em que ele melhora por estar longe? Deixa de ser um aventureiro, um canalha?

Noemi não respondeu, e ele de repente cansou de brigar, de argumentar, de escarnecer.

Afinal de contas, a mulher era nova, era atrativa, era sua. E estava ali, com os braços à mostra, a linha fugitiva das espáduas mergulhada no decote grande da camisa de dormir. E um imenso cansaço de falar tomou-o todo, um desejo imperioso de repouso e de amor.

Ela não se rendia, nos seus olhos brilhava um fogo inimigo, havia palavras de protesto, de ofensa, na boca cujos dentes cerrados mordiam os beiços com força. Evadia-se dele, era claro, a alma dela corria toda e abertamente para o outro. Mas o corpo ainda estava ali, o corpo moreno, de carnes duras, perfumadas, cujo mistério não se perdera ainda, passados embora tantos anos. Corpo de mulher, sozinho e meio nu, na intimidade do quarto.

E por que se agarrou àquele corpo, se a alma da mulher era inimiga e fugitiva? Talvez porque era só o que dela lhe restava. Só o que ainda tinha da companheira, aquele corpo que a princípio se debateu com força em seus braços, aos poucos cedeu ao seu desesperado esforço de renovar, na intensidade da sensação comum, o contato das almas que não queriam mais se entender uma com a outra.

Tudo isso sem palavras, só pensado, e pensado confusamente, levado às cegas pelo impulso instintivo que o arrastara àquela desesperada e derradeira tentativa.

Mas, passado o cansaço do amor, afastaram-se um do outro, envergonhados e estranhos, mais estranhos do que antes, do que nunca.

Ela ainda disse, quase a medo, com pudor da alusão àquilo que era melhor esquecer, hoje que eram quase como desconhecidos:

— Você está vendo que até isso é inútil?

João Jaques se ergueu, tornou a se vestir, saiu, ganhou a rua, perdido e sem destino pelo meio da noite. Noemi ficou de borco na cama, chorando.

Agora era o outro que estava em seus braços. Mais outro... Não, mais outro, não. Agora era ele, "Ele" e não "outro". Ele não era um qualquer, era o único. Seria o único. Palavras. "O único." "O amado." Afinal, a maravilha do amor partilhado. O êxtase, ora. Palavras. Onde estava a maravilha, o êxtase?

Apenas o grande corpo do menino deitado em seus braços.

O desejo de protegê-lo, de fazê-lo dormir. E a sensação incompreensível, incoerente, monstruosa, de uma coisa, há muitos anos esperada, há muitos anos sonhada e impossível e que, realizada, falhou.

19

CINCO DIAS SEM FALAR. Durante quase uma semana, cruzaram a porta como estranhos que moram numa casa de cômodos. João Jaques se instalou numa rede na sala de jantar, ela se refugiou com o filho na grande cama de viúva. No quinto dia, Roberto foi lá.

Estavam à mesa do café. Noemi fazia o Guri comer, o marido fumava, quebrando a cinza do cigarro na borda do pires. Impossível recordar como o outro começou a falar, a dizer que gostava da mulher dele, que todos sofriam terrivelmente por isso e era preciso uma solução. Que tinha considerado um dever de lealdade...

João Jaques o olhou na cara, cheio de desprezo, de coisas más concentradas e furiosas. Com que fim, aquela farsa? Para que a explicação? Só o costume imbecil do rito, da justificação oficial? Para fazer bonito perante a "organização"?

— Não precisei de você para me dizer isso. Quem é que pensa que eu sou?

Logo no começo da explicação, Noemi tirou o filho da cadeira alta, levou-o para perto da comadre, no quintal. O pequeno sentira a tempestade no ar, espiava tudo com os olhinhos espantados. A moça o apertou furiosamente a si, como numa despedida:

— Fique aqui, meu amorzinho, seu pai quer conversar um negócio muito sério com o Roberto. Fique bem direitinho ajudando a comadre a aguar as alfaces do canteiro.

Ao voltar, Noemi encontrou Roberto de pé, de braços cruzados.

João Jaques, ainda sentado, anunciava:

— Amanhã embarco. Levo o meu filho.

Noemi segurou o braço do amigo, encaminhou-o até a porta:

— Vá embora, Roberto. Agora quem deve decidir o resto sou eu.

Roberto não resistiu, viu que não cabia mais ali. Noemi voltou para a sala, sentou-se junto de João Jaques que continuava fumando, soltando baforadas para o ar, numa atitude de negligência intencional e desafio.

— É certa essa sua ideia de embarcar? Para onde?

A indiferença estudada do marido se quebrou logo; ele atirou o cigarro fora, provocou-a:

— Pensou que era só farsa, para impressionar o jovem? Você já devia saber que eu, *eu*, nunca ando com mentiras.

A moça não levantou a ofensa. Sentia vontade de chorar, queria ser forte e estava ali para disputar o filho. Tornou a perguntar para onde ele iria.

E o próprio João Jaques saberia por acaso para onde iria? Ia por aí, para o Rio, talvez para São Paulo. Precisava era de sair, de ir embora. Despir-se da roupa suja, abandonar aquela vida. Era a única solução ao seu alcance; ir-se embora. Noemi objetou docemente, com medo de o irritar, que para isso ele não necessitava do filho.

E ela, precisaria ela por acaso de alguém? Teria mesmo tempo de se preocupar com alguém da sua vida passada — principalmente com esse filho, que era uma parte do marido, que era a lembrança, o símbolo e o motivo da vida comum destroçada? Para que diabo queria ela o filho, o filho dele, o filho de João Jaques? Esse era seu, só seu! Ia levá-lo consigo, ia fazer dele o seu companheiro. Ela ficaria inteiramente livre, como o desejava.

— Nada disso é verdade. Você só quer levar o Guri para se vingar de mim.

E se fosse? Acaso não seria justo? A escolha partira dela:

— Na realidade, eu e o Guri é que somos abandonados por você.

— Você pode inventar as palavras que quiser para me castigar, para me torturar. Se vingue como entender. Mas ninguém no mundo pode me convencer de que o meu filho não é meu. Nem você nem ninguém tem direito nele. Só eu. E você se lembra, quando a gente casou, como me falava sobre filho e maternidade? "O filho pertence à mãe... o maior crime social é, para castigar a mãe, tirar-lhe o filho..." Não se lembra? É possível que você só diga as coisas, neste mundo, para mais tarde desmentir tudo?

Ele passeava agora, de um para o outro lado da sala. Ficou um momento defronte do aparador, furando com um palito as bananas da fruteira. Depois se voltou, varrendo a mulher com os olhos hostis:

— É inútil você querer explorar minha sensibilidade e o meu amor-próprio recordando coisas velhas. Que importância pode ter o que eu dizia? Não sou um renegado, vocês todos não gritam isso? Considero o menino meu e não abro mão dele. No nosso caso, eu sou o esbulhado, e portanto não sou eu que devo pagar a indenização. E depois, não vou deixar meu filho aqui para um sujeito estranho sustentar. Seria o cúmulo!

Noemi gritou, num arranco de desespero:

— Você sabe que eu ganho quase tanto quanto você! Sabe muito bem que ele vai viver à minha custa! É a vingança mais miserável do mundo, essa sua! E quer arriscar a vida da criança, arrastá-lo sabe Deus por onde! É um crime, um assassinato! Era muito melhor que você fizesse como os outros e me matasse de uma vez!

Teve ele, num relâmpago de furor, vontade de lhe seguir o conselho? Não respondeu, voltou a picar com força, enterrando todo o palito dum golpe nas frutas do aparador. A mulher se chegou mais perto, pegou-o pelo braço, lançou a sua última carta:

— E depois o Guri não quer ir. Pode ir com você, mas só se for aos pedaços. Duvido quem consiga dele se separar de mim.

João Jaques esmagou o palito entre os dedos, desafiou-a:

— Só vendo!

Noemi correu à porta, gritou pelo filho. O Guri chegou, com uma cuia na mão, a roupa empapada de água e de terra.

— Meu bem, seu pai quer lhe levar para longe da mamãe. Deixa mamãe aqui e carrega você sozinho com ele.

O Guri se abraçou ao pescoço da mãe que o tinha tomado no colo, encarou o pai com os olhos muito abertos e assustados, o beiço já tremendo.

— Mentira, amigo!

Mas Noemi repetiu, chorando também, beijando-lhe desesperadamente as mãozinhas úmidas, o cabelo, a cara:

— É verdade! Vai levar você para o Rio. É o mesmo que se a mamãe morresse. Nunca mais você me vê.

O choro ruidoso do Guri abafou-lhe a fala. O pobre pequeno não protestou, não disse mais nada, agarrou-se à mãe, gritando, acossado pelo pavor daquela ameaça. João Jaques segurou a mulher pelo ombro. À sua aproximação, redobrou o choro do pânico do Guri, que parecia temer fosse aquele o instante em que o pai o ia arrebatar, e incrustava com mais força os dedinhos nos ombros de Noemi, decidido a lutar e a se defender até a última energia. Porém João Jaques disse apenas:

— Você não tem escrúpulos de meter a criança numa cena dessas? Que necessidade tem de envolver o Guri nos seus dramalhões?

Noemi, porém, não respondeu, continuou a chorar e a beijar o filho. João Jaques ainda esteve algum tempo de braços cruzados no peito, olhando-os. Afinal saiu da sala, foi ao quarto, amarrou a gravata ao pescoço com a mesma pressa brusca e desesperada com que se enforcasse. Pôs o paletó, agarrou o chapéu.

E o Guri estirou o pescoço com medo quando o viu bater violentamente a porta da rua. Depois se apertou mais à mãe, recomeçou a chorar baixinho, com soluços lentos, espaçados.

20

NOEMI SÓ FOI SABER que João Jaques embarcara quando chegou de volta do trabalho. O próprio Guri lhe contou que o pai viera em casa, à tarde, reunira a roupa e uns livros na mala, abraçara-o muito tempo — parecia até que tinha chorado.

Ela, a princípio, não acreditou. Devia ser mentira. As coisas quando nos acontecem assim, inesperadamente, chegam sempre com cara de mentira.

Mas a verdade, mesmo, é que um homem traído, desprezado, vai embora. Quando não mata, como muitos. Ir embora, afinal, era o menos que ele podia fazer.

Ali estavam as chinelas velhas dele, como se esperassem que o dono chegasse mais tarde. O gancho da porta, onde pendurava o pijama. Há seis anos que, toda tarde, entrava, beijava a mulher, pegava o filho, ia rolar com ele na rede da varanda. E as risadas dos dois enchiam a casa toda. Hoje o Guri, calado, agarrava-se à saia da mãe, com medo talvez de ir embora também.

Partiu, acabou-se. Tudo no mundo é impossível e errado. João Jaques era bom, inteligente. Sabia ler livros bonitos, grandes livros. Sabia amar uma mulher. A rotina do casamento estragara as coisas, é verdade. A indiferença dele, a distância. Como não devia ir silencioso, desesperado, olhando o remoinho do mar da amurada do navio! E com que dinheiro? Passagem da Associação de Imprensa? O que os dois ganhavam mal chegava para o aluguel da casa e a comida; até este último mês tinha sido assim. E a roupa? Chegar no Rio com aquele paletó de casimira...

De repente se lembrou da melhor camisa dele, a de risquinhas roxas que estava puída no peito. Teve vergonha. Por que não tinha cerzido a camisa de João Jaques?

Muitas vezes, antes, pensara no horror de ficar viúva. Enviuvara agora. Tudo vazio e calado. E João Jaques não estava morto e indiferente num caixão. Estava sozinho e sofrendo, no meio de gente estranha. Humilhado. Eu não quis fazer você sofrer, João Jaques. Você também teve culpa. Você também teve culpa. Não quis compreender. Me insultou, levou a ridículo. E, se, pelo fato de eu gostar de Roberto... mas é melhor não falar no Roberto agora. É uma injustiça. Dá remorso. Roberto é a perspectiva de felicidade, de amor, de novo horizonte aberto. E o outro vai embora solitário e vencido no seu navio qualquer, que ele tomou sem lhe saber talvez nem o nome. E quem sabe se de terceira classe.

Os homens dão valor demais ao amor. E principalmente a uma mulher. Por que ir embora, ficar infeliz? Por que não abrir mão daquela mulher, simplesmente, sem tragédia, procurar reconstituir a vida com outra qualquer? Por que não perdoar, não continuar amigo? Não, só porque a mulher gostou de outro, acontecia logo um irremediável.

Tolice, João Jaques. Não fui culpada. Não tive intenção de lhe envergonhar nem de lhe rebaixar. Tenho muita pena, uma pena horrível, que estraga tudo. E saudade. Nunca mais ouvir sua risada. Nunca mais você vai ler alto para mim os telegramas do jornal. Nunca mais você chega, tarde da noite, me tateia na cama, devagarinho, procurando lugar. Nem o Guri ouve mais suas histórias, rola com você na rede, lhe chama de amigo. Saudade, João Jaques.

— Vamos para a mesa. Sim, meu filho. Papai hoje não veio. Foi viajar. Você mesmo não viu ele arrumar a mala? Tome seu leite.

Tenho vergonha de olhar para a comadre. Que pensa ela de tudo? O Guri contou que na hora em que o pai saiu ela me chamou de malvada. Por quê? Mentira. Nunca fui malvada, nem agora.

Nem sinto o gosto do café, João Jaques. Você estará gostando do café de bordo? Dizem que é ruim e azedo. Afinal, talvez você nem sinta o gosto, nem possa engolir. Talvez esteja, como eu, com esse nó atravessado na garganta. E só sinta na boca esse travo salgado.

E quem sabe se você também não está chorando?

21

Muito se comentou na rodinha da praça, no curso em casa de Angelita, em todos os pontos de reunião, os amores de Noemi e Roberto, a inesperada partida de João Jaques.

Em geral condenavam Noemi. Ainda era muito vivo, em todos, o terror do adultério. Queriam ser independentes, tinham ideias, mas no fundo do coração tinham horror da coisa ruim, do nome feio.

E depois, era patente que Roberto e Noemi eram amantes há muito tempo, mesmo nas barbas do marido. Quem sabe até se ele não ignorava nada... "Cachorrices de pequeno-burguês..."

Samuel bem que tinha dito: "As mulheres daqui ainda não estão maduras para a luta... Confundem questão social com questão sexual..."

Os dois, entretanto, levavam a coisa com superioridade. A quem lhe perguntava, Noemi dizia simplesmente que o marido fora embora porque já não se davam tão bem, ela e ele, e João Jaques queria cavar a vida no Rio.

A Roberto, ninguém se atrevia a falar. À menor insinuação, tomava o seu ar fugidio, pregava no olhar uma distância de léguas.

Só Filipe entrava na confidência. Tudo se desenrolara sob seus olhos, debaixo da sua mão. Foi quem arranjou uma pensão para Noemi, quando ela quis acabar com a casa. Naturalmente Roberto não havia querer ir morar ali. E ela desejava uma transição, parecia-lhe apressado demais sair das mãos de um para os braços do outro.

Na Fotografia, a coisa também mudou. Guiomar arranjava pretextos para não saírem mais juntas. Parecia ter medo daquela audácia de amorosa, junto à sua timidez de solteirona.

Espiava a cara da outra a furto, para ver se descobria nela algum sinal dos beijos do amante (mentalmente era só como chamava Roberto: "o amante").

Procurava significados para seus gestos, interpretações complicadas para seus sorrisos e silêncios. Parecia-lhe uma falta, um erro, nada ter mudado em Noemi, nem o cabelo, nem o vestido, nem o andar. Sentia-se fraudada, ludibriada com aquilo.

Como é então que a gente vai conhecer uma mulher honesta?

Noemi sentava-se à mesa fazendo o mesmo rápido rumor com a cadeira, aproximava o retocador, batia com o lápis na chapa com o mesmo gesto antigo. E com o mesmo pudor de antes cobria o colo, os braços com os vestidos modestos. E no entanto, sabe Deus para que serviam aquele colo, aqueles braços! Para que carícias, para que pecados! Os mistérios terríveis do amor cresciam sobre a pobre rapariga, agrediam o seu recato, obcecavam-na. Uma curiosidade malsã a agitava como a uma antena. Quando via Roberto encontrar a moça à esquina da rua, o coração lhe batia como se o amante também fosse seu.

E quando, em qualquer encontro do acaso, Roberto lhe apertava a mão, ela tremia de sagrado terror, desejosa e apavorada, como se todo o diabólico poder de sedução deste mundo houvesse emigrado para aquele homem.

Seu Benevides também mudou. Fazia insinuações. Dona Noemi devia deixar essas ideias perigosas. Uma mãe de família tem que cuidar do lar. Ideias são para os políticos. Ele, Seu Benevides, não tinha ideias e passava muito bem. Pensava só em gozar a vida, em ver lindas mocinhas e no progresso da Fotografia.

— A senhora pode me chamar sem ideais, mas minha filosofia é esta. E gosto que os meus empregados não se afastem muito dessa filosofia.

Quando João Jaques embarcou, o patrão veio perguntar se era verdade. Noemi disse que sim, que estava só com o filhinho numa pensão familiar. Muito bem, ele não tinha nada a dizer. Cavar a vida no Rio? Mas para ele isso já era um resultado das tais ideias. Dona Noemi devia ter cuidado, mais cuidado ainda.

Na realidade as coisas e a vida iam arrastando Dona Noemi. Nem valia a pena pensar e querer dirigir a vida. Tudo vai acontecendo por si. Não adianta fazer um plano, traçar caminhos.

A vida tem lá os seus motores escondidos e eles é que governam tudo.

Roberto encontrou uma casinha, de porta e janela, caiada de novo, com um retalho de quintal para o Guri brincar. A comadre não queria ir com eles, protestava contra a situação, achava uma vergonha, um escândalo. Mas o Guri chorou, chorou como desesperado quando viu a comadre arrumando o baú, tirando da parede o seu quadro de Nossa Senhora do Perpétuo Socorro. E há cinco anos que ela tomara o hábito de calar o menino toda vez que ele chorava.

Foram. A vida reiniciou o mesmo ritmo. Em vez de um era o outro, mas o trio era o mesmo, o homem, a mulher, o menino. E café ao acordar, e almoço às onze, a sopa às sete horas e a cama depois de serão, em que, igual ao outro, o homem lia ou escrevia sentado à mesa de jantar.

Às vezes o Guri tinha crise de saudades e chorava pelo pai. Mas Roberto o punha no colo, dizia como era o Rio de Janeiro onde João Jaques estava, com o Pão de Açúcar ("É todinho de açúcar, Roberto? E se come?"), os navios encostando na rua e uma cidade tão grande que as casas eram de vinte, umas por cima das outras. E o Guri, sabido, definia:

— Arranha-céu, não é?

Na organização, o trabalho aumentara. Roberto tinha responsabilidades, Noemi ajudava. Batia relatórios na maquininha portátil arranjada por aí, num golpe de habilidade. Ia buscar pacotes de material em encontros marcados com gente que passava nos navios. Ia à casa do camarada do mimeógrafo entregar a minuta dos boletins. Roberto trabalhava, trabalhava, sem pensar em se poupar, comendo mal, às vezes fora de hora. Vivia de olhos pisados, como se andasse na farra. Muitas noites não chegava na hora, Noemi ficava com a luz da sala acesa e a porta da rua só encostada, procurando aprender alguma coisa nos livros que ele lhe tinha dado para ler. Mas não entendia quase nada, o coração ficava à escuta, como os ouvidos, e estremecia toda vez que um passo ressoava no calçamento. Envergonhava-se do nervoso. Ela não tinha direito de ser uma mulherzinha nervosa, com medo de uma noite de solidão. Mas é tão triste esperar e pode acontecer tanta coisa ruim enquanto se espera!

Afinal, madrugadinha, ele chegava; muitas vezes já se tinham apagado as luzes da rua. Vinha cansado, morto de sono, com fome.

Engolia qualquer coisa, agarrava-se à mulher, arrastava-a para a cama num sono tão pesado que, de manhã, quando acordava para o trabalho, Noemi tinha que tirar os braços dele de sobre o seu corpo, postos ainda no mesmo jeito em que adormecera, imóveis como braços de pedra.

Faltavam três dias para o fim do mês.

Noemi pontilhava com o lápis uma zona de sombra na chapa de retoque. Seu Benevides se aproximou da mesa, esteve um instante brincando com o potinho de nanquim; afinal falou, meio sem jeito, correndo os dedos pelo rebordo da caixa de chapas:

— Há quatro anos que a senhora trabalha aqui, não é, Dona Noemi?

— Sim, há quatro anos...

Para que aquela pergunta? O homem sorria apertando os olhinhos miúdos, olhando-a de viés, com o seu famoso "golpe de vista".

Pois ele sentia muito... Dona Noemi tinha sido uma boa empregada, não tinha queixa a fazer. Mas a Fotografia era frequentada por famílias, a freguesia principal era de primeiras comunhões, noivas, grupos de pai, mãe, filharada... Dona Noemi compreendia... Já tinham reclamado. A senhora sabe, o seu procedimento nestes últimos tempos. A própria Guiomar, que era antes tão sua amiga... Enfim, numa casa de negócios, quem manda é a freguesia. Mesmo se tratando dum *atelier* de arte, como ali, o jeito é obedecer às leis do comércio. Ele até sentia muito, e talvez fosse sofrer dificuldades em encontrar outra auxiliar tão competente. Por isso mesmo tinha hesitado... Mas realmente foi impossível, as reclamações, a senhora sabe...

Noemi mordeu os lábios, não disse nada. Só no fim, perguntou:

— Pela lei do Ministério do Trabalho, tenho direito a um mês de vencimentos, não é?

Seu Benevides achava que era. Ia consultar quem sabia. A moça se ergueu:

— Pois consulte e veja, Seu Benevides. Não me vou embora neste instante porque não quero perder o meu direito. Fico esperando o pagamento e então dou o fora.

Seu Benevides quis renovar as explicações. Não senhora, ficasse até o fim do mês. Ela bem sabia que, por ele...

Mas a rapariga o fitou com os olhos tão aborrecidos e zombeteiros que o patrão saiu devagar, arrumando mal um sorriso.

Em todo caso, se precisasse de auxílio...

Ficou a palavra: "auxílio." É verdade, ia precisar de auxílio. Ia ter que viver à custa de Roberto, até arranjar outro emprego. Perder o orgulho de não ser pesada ao companheiro, de repartir os gastos da vida comum, de prover as despesas do filho. Sua orgulhosa afirmativa a João Jaques... e agora era mesmo o outro que iria sustentar o Guri. E se não arranjasse mais trabalho? Comércio é como maçonaria, se entendem os patrões todos, um empregado marcado por eles nunca mais consegue nada. E Seu Benevides, com a sua pose e a sua gravata de artista, era tão interesseiro e sórdido quanto qualquer bodegueiro barrigudo.

Do seu pequeno balcão envernizado Guiomar espiava Noemi de esguelha, triunfante, mas envergonhada, sem coragem de a olhar de frente, se sentindo cúmplice do gesto do patrão.

Coitada, tinha tanta vontade e tanto medo do amor! Agora a humilhação da outra a vingava um pouco das suas longas noites sem ninguém, dos homens jovens e fortes que tinham apertado Noemi nos braços, cujo amor disputavam.

22

SAINDO DA FOTOGRAFIA, Noemi se encaminhou para o escritório de Filipe, que trabalhava agora até mais tarde. Quem sabe ele não lhe arranjaria alguma coisa, um gancho, qualquer cento e cinquenta mil-réis, como datilógrafa ou caixa.

Filipe escrevia, de lamparina acesa, debruçado sobre um livro grande como um atlas. Viu Noemi, fez-lhe um sinal com a mão, fechou o livro, tomou o paletó, saíram. Ouviu a história, comentou que já esperava por isso, que queria até preveni-la. Mas o homem tinha se antecipado... Realmente, possuía amigos na Fênix. Talvez conseguisse, na verdade, arranjar alguma coisa com eles. Pelo menos podia tentar; o que seria preciso era muita paciência.

Noemi sorriu com amargura.

— Parece que tenho de treinar todas as virtudes do catecismo: paciência, resignação, coragem...

Filipe também se riu, confirmando:

— Esta nossa vida é bem pior do que de santo. Porque não tem nem mesmo um milagrinho para ajudar...

E a conversa caiu na "vida". Noemi se queixou do trabalho excessivo de Roberto, como estava magro, puxado.

— Parece que aqui só tem ele para fazer tudo.

Filipe riu, meio cínico:

— É para aproveitar a fase de dedicação... Antes que canse...

Noemi ficou séria, formalizou-se:

— Espero que o Roberto não canse, Filipe. Por isso mesmo não quero que ele puxe demais agora.

Filipe encolheu os ombros. Não tinha nada com aquilo, ora bolas, mas se irritava quando ela falava em Roberto com aquela fé.

Noemi mudou de assunto. E como ia Angelita?

Melhor, conseguira animar um pouco o marido. Constava até que andava metido nuns preparativos de greve.

— Então qualquer dia destes está na cadeia.

— Qualquer um de nós pode esperar por isso...

Angelita andava doente. De tanto andar pelas areias quentes do sol, de pedalar na máquina, cosendo aquelas sedas pesadas, os galões duros de metal. Parecia que só tinha os olhos na cara.

À porta do café encontraram Roberto. Noemi convidou Filipe para a sopa. Foram andando. A casa era perto da praça, na Rua das Flores. Em caminho Noemi tornou a contar a conversa de Seu Benevides, a perda do emprego. Roberto comentou apenas:

— Sujeito ordinário! Mas era de esperar.

Depois segurou a mulher pelo braço, olhou-a, sorrindo, confiado:

— Está muito triste, companheira? E então aquela amarela da Guiomar...

Filipe atalhou:

— Coitada. A Noemi tem sorte demais diante dela. É natural que a pobre ache injusto. Quem sabe se ela também não sonha com uma socializaçãozinha de homens?...

Mas Noemi não gostou da troça:

— Para que vocês estão com isso? Deve ser uma tragédia horrorosa mesmo, aquela vida de Guiomar! Uma pessoa sobrar assim, neste mundo! — E pensou consigo: "Quando há outras que não chegam para dois!"

A salinha era diferente da sua antiga, pintada de novo, sem a coleção de retratos. Recordavam demais a João Jaques — uns tinham sido tirados por ele, noutros ele próprio aparecia. O Guri reclamou, a comadre disse o diabo, falou em "órfão", mas Noemi continuou com tudo guardado no fundo da mala. Nada de quadros mais, só os livros, pela mesinha, pela estante aberta, pilhas de revistas, jornais. A desordem de Roberto, evocando a ordem do outro, o cuidado minucioso com os papéis, com a livraria...

Deixando os homens na sala, Noemi foi à cozinha em procura do filho e para saber do jantar. Achou o Guri sentado no parapeito, ajudando a comadre a descascar as batatas da sopa.

— Guri, você sentado nesse parapeito quente do sol? Como é que ele está da tosse, comadre?

A comadre resmungou, ofendida, que o parapeito não levava sol e o menino não tinha mais tosse de qualidade nenhuma.

— Não pode ser, comadre, ainda esta noite ele tossiu tanto!

— Pois se tossiu, passou. Agora está bom.

— O Filipe vem jantar com a gente, comadre. Mas não precisa aumentar nada. Tem pão bastante? Pode fritar uns ovos...

A comadre foi para o fogão, enquanto Noemi descia o menino. E ouviu a velha resmungar:

— Com o outro também começou assim: jantar! Jantar! Não é de cerimônia...

Noemi quis mandar que ela se calasse, não se metesse. Pensou depois: para quê?

Ia entrando na sala de jantar, com o filho pela mão, quando a comadre falou de novo, da cozinha:

— Em cima da mesa tem uma carta que vieram deixar da pensão.

A carta vinha endereçada para o Guri, com o nome e sobrenome, como para gente grande. A letra era de João Jaques. Noemi se sentou, pôs o Guri no colo, foi rasgando o envelope com a mão, comovida.

— É uma carta do papai para você, meu bem.

O Guri se alvoroçou, agarrou a carta, sacudiu-a no ar, espiou as letras cerradas, dando gritos entusiasmados. Noemi leu em voz alta. Estava no Rio. Tinha uma saudade danada do amigo, qualquer dia viria buscá-lo. Não mandava presente porque ainda não tinha dinheiro. Se ele andava direitinho, não mentia nem ia brincar na rua, se tinha juízo como um homem.

O Guri nem a deixou acabar direito, tomou-lhe a carta, saiu agitando-a na mão, como uma bandeira, gritando, quase chorando de orgulho e de felicidade. Mandou Roberto ler a carta, mandou Filipe, decorou pedaços que ia repetindo, passando o dedinho pelas letras, como se lesse.

Noemi não tinha coragem de olhar de frente para Roberto. A carta pesava entre eles como um crime comum. Até Filipe se ressentia do constrangimento. E a alegria ruidosa e comovida do Guri envergonhava Roberto, era como se o desmascarassem por ladrão ali, diante de Filipe; Noemi lutava contra um desejo ridículo de chorar.

Naquela hora o ausente, o esquecido, esmagava e vencia todos com a sua carta, o seu filho, com os direitos do passado.

Foram para a mesa. De novo Roberto via Noemi servindo o jantar ao companheiro e a um amigo. E era ele, agora, o companheiro.

O outro, de longe, esbulhado, solitário, comia o pão seco do desterro. E se o tinha, esse pão seco; não era frase. Talvez até passasse fome.

E fora seu amigo, sorria-lhe na mesa, passava o prato com delicadeza, beliscava a bochecha do filho. E a mulher, na cabeceira, sorridente, misteriosa, como antes. Com o mesmo ar de matrona hospitaleira. Pensando em quê, quando sorria e distribuía a sopa, repetindo o mesmo gesto com que servia o outro que fora embora?

Escolhera-o. Banira um, dera o lugar vazio ao outro. Tinham mesmo esse direito? Com quem estaria, na verdade, o direito?

Nesse momento, Noemi falou:

— Acabou, Roberto? Quer mais?

E ele respondeu como um bobo:

— Tenho o direito?

Talvez não houvesse dito alto, porque ninguém se admirou e Noemi repetiu a pergunta. Sim, acabara, não queria mais nada. Ia fumar. Puxou o menino para o colo:

— Venha cá, seu mestre, você já jantou?

Já, já tinha jantado na cozinha, com a comadre. Sopa de pão, banana, doce. E tirou laboriosamente do bolsinho da sunga a carta já suja e amarrotada:

— Quer ler de novo a minha carta para eu ouvir? Quero aprender ela todinha.

Começaram a ler, devagarinho, o Guri fazia questão de ver e entender cada letra, de uma em uma. Noemi olhou o grupo dos dois com paciência, com ímpetos de lhes arrancar o papel das mãos, rasgá-lo. Seria possível que Roberto não tivesse tato, não visse como aquilo era desagradável? Ergueu-se, chamou Filipe para a sala da frente. Chamou também Roberto. Mas o Guri protestou:

— Espere aí, mamãe. Ande, Roberto, diga: "Vo-cê nem sa-be como o R-i-o é bo-ni-to, a-mi-go..."

Roberto, dócil, continuou lendo. Noemi não pôde mais, foi sozinha para a sala de frente, deixando também Filipe, de pé, junto aos dois, muito divertido e interessado, acompanhando a leitura.

23

AGORA QUE NÃO trabalhava mais, Noemi tinha tempo de sair, de andar pelas casas conhecidas, fazer visitas.

Porque trabalho não aparecia mesmo, emprego de espécie nenhuma, nem para caixa de loja, nem sequer de balcão. Só se fosse ser copeira ou garçonete, como dizia ela rindo a Roberto e a Filipe.

Criou intimidade com Angelita, muitas vezes a ajudou nas costuras dos dourados da loja. Já pensava mesmo em se fazer costureira e arranjar freguesia. A dificuldade era conseguir uma máquina. Hoje, uma custava mais de conto de réis. E não seria com o que Roberto fazia no jornal que ia poder comprar máquina... Por isso ia ficando pela casa de Angelita, de agulha enfiada, ajudando a alinhavar, a pespontar, a pregar pressões. E conversando. Falavam na vida, nos filhos, nas intrigas internas da organização. No namoro do delegado. Diziam até que a pequena ia embora com ele. Angelita se queixava da vida, da moleza do Assis, das doenças, dos desgostos. Parecia uma menina doentia, com os cabelos alourados pelos ombros, e os grandes olhos sem fundo, transparentes. E o peso da vida com as suas tristezas era grande demais para aqueles pobres ombros fraquinhos, tão doídos de se curvarem sobre a máquina. De noite, quando não havia muito trabalho, Filipe aparecia e, uma ou outra vez, Roberto. Fora das noites de curso em que se reuniam todos.

Foi na casa de Angelita que Noemi soube da doença do Mendonça. Tísico. Noemi o tinha conhecido muitos anos antes, no tempo ainda das atividades de João Jaques, quando ele, cheio de entusiasmo, arrastava os camaradas para casa, fazia Noemi lhes oferecer café, pegando-se todos em conversas infindáveis, noite afora. Mendonça era claro, forte, de olhos pequenos e fundos e um sorriso silencioso e amorável, lembrava-se bem.

Um dia Noemi convidou Roberto e foram ambos visitar o doente que morava na pensãozinha da sogra, lá para as bandas da Estação Central.

Um velhinho, numa cadeira de lona, os recebeu à porta. E indicou o fim do corredor, uma saleta escura, onde Mendonça os foi encontrar, magro e curvo, vestido num velho paletó de brim, fechado no pescoço por um alfinete. Os pés, arrastando uns tamancos, pareciam enormes, pesadíssimos, para as canelas tão finas, feitas só de tendão e osso transparente. As mãos, secas, ossudas, tremiam ao longo do casaco, corriam pelo peito, e era o que ele tinha mais tísico, aqueles dedos febris talhados em osso amarelo, cobertos duma pele seca e morta, se movendo sem descanso. A cara, barbada, pálida, não parecia tão doente. Mas as mãos! As mãos e a fala rouca, entalada na garganta, comida pela doença venenosa. Mendonça, entretanto, não falou em morte, falou em cura, disse que queria ir para Quixadá, aceitou satisfeito os oferecimentos de auxílio que lhe fez Roberto. Contou a opinião do médico: que o único remédio para ele seria o sertão. Foi com os dois até a porta, onde o velhinho continuava cochilando na sua cadeira de lona. E disse adeus sorrindo confortado, cheio de esperanças.

Cinco dias depois Noemi voltou lá, levando o resultado da coleta feita entre os companheiros, uns cento e vinte mil-réis.

Mendonça já tinha morrido, se enterrara na véspera. Foi a viúva que a recebeu na porta, gorda, mulata, já de cara resignada e vestido tinto.

Cinco dias atrás ele ainda falava, tinha vindo até a porta, passava as mãos inquietas pela gola do paletó; e agora estava debaixo do chão, até a mulher já tinha tingido o vestido de preto, de luto por ele!

Noemi se sentia mais comovida do que a viúva, que contava agora a morte, a agonia ligeira, os projetos de viagem e de cura que ele ainda fazia até quase ao instante de morrer.

Deixou o dinheiro em cima da mesa, era um auxílio, haveria de servir para os primeiros dias.

Saiu dali meio tonta, presa do susto da morte. Roberto a esperava na sala, lendo, todo curvado por cima da mesa. Abraçou-se a ele, olhou-lhe a cara, a pele, os feixes de músculo por cima dos ossos, tudo vivo, jovem, são. Apertou-lhe os braços rijos; ele riu, beijou-a.

— Está experimentando a força? Ou está com medo de que eu morra?

É, estava com medo da morte. A morte que usa doenças estranhas que roem os homens por dentro, que transformam mãos de trabalhador naqueles fantasmas amarelos.

Hoje só tinha o Guri e aquele homem. O Guri, não, nunca lhe ocorrera, esse era perfeito, era imortal. Mas se Roberto morresse, quem lhe ficava no mundo? Só o filho, tão pequeno, tão parte dela própria, ainda, que estar com ele era a mesma solidão.

Abraçou-se mais estreitamente ao amigo, falou:

— Você não podia morrer, me deixar só, agora.

E Roberto perguntou:

— Só? Realmente. Você nunca mais teve notícias de sua mãe?

Não, nunca mais. Depois que João Jaques tinha ido embora, faltara-lhe a coragem de escrever. Para que alarmar a pobre velhinha, que vivia tão longe, no Acre, ajudando a criar os doze netos do primeiro filho, triste velha que já tinha os olhos secos e apagados de chorar por mortes e desgostos? E o Acre é tão distante, é no fim do mundo; para que uma notícia ruim fazer toda essa viagem?

Roberto conhecia pouco as infâncias da companheira. Nunca tinha indagado.

— Você nasceu no Acre?

Sim, lá tinha nascido, brincado em menina, lá tinha amado e casado.

— Mas João Jaques não é de lá?

— Não, João Jaques foi ao Acre numa aventura, passou dois anos pelo Norte...

E Noemi riu com certa amargura:

— Foi cumprir a sina de cearense; buscar desgraça no Norte.

Calaram-se ali. Para que evocar a sombra importuna? Só depois é que Noemi continuou falando:

— Mamãe deve estar tão velhinha! Quando eu nasci já tinha quarenta, creio... Casada terceira vez...

— Era um perigo, sua velha! — troçou Roberto.

— No Amazonas, de primeiro era assim... O marido morria hoje, quinze dias depois a viúva estava casada. Não esfriava a cama...

Tornou a se calar, envergonhada. Ela também não esfriara a cama... Porém Roberto se achegou à mulher, compreendeu-lhe o pensamento:

— Para que você pensa em tolices, boba? Então não acha que isso justifica tudo?

É, justificava. É verdade, meu amor, é verdade. Estavam abraçados, o coração dos dois batendo numa pancada só, a respiração junta, confundida. Aquele abraço era a razão que justificava tudo. E, de novo, com o sentimento da força viva do amor, veio-lhe o susto da morte, mal passado. E veio também a lembrança do defunto recente, a importuna recordação das mãos amarelas se agarrando às abas da roupa, numa derradeira inquietação de vida:

— Coitado do Mendonça! Tantos anos de luta!

— Deixou quantos filhos?

— Quatro. Vi dois lá. Já estavam de preto. É uma estupidez vestir menino de luto...

O Guri chamou, do seu quarto. Noemi pulou do colo de Roberto, correu, solícita.

— Mamãe, o meu dente está doendo de novo. Queria me deitar com você para passar.

— Deixe mamãe tirar a roupa, coração dos outros.

Deitou-se com ele, devagarinho, enrolou-o nas cobertas frescas, brancas, agasalhou-lhe o rosto no seio, ficou friccionando o queixinho doído, muito tempo.

Mais tarde Roberto também veio para o quarto, curvou-se sobre a cama, beijou a mulher, murmurou. Noemi puxou o braço de sob o menino, quis levá-lo para a caminha, no quarto. Mas o Guri acordou logo, chorou que queria ficar. E novamente Noemi o aninhou nos lençóis junto ao seu corpo. Roberto, vencido, expulso, deitou-se na rede da sala, ficou fumando.

24

NO CAFÉ, NA MESMA banca em que o apresentara, tempos antes, a João Jaques, Filipe conversava com Roberto. Conversava, não, ia ouvindo, ouvindo mal. Quanta coisa desde o tempo daquela apresentação para cá! Bastou uma mulher mudar de ideia... Besteira. A gente não perde o vício dessas generalizações idiotas: "Quando uma mulher faz, se uma mulher diz etc."... Filosofia de almanaque, "pensamentos" de jornal das moças... Pobre Noemi! Talvez, em tudo aquilo, fosse ela que ainda tivesse de sofrer mais. E com aquele jeito que tinha de aguentar calada...

Roberto agora insistia com mais força na conversa de sempre, interrompia-lhe as divagações, forçava-o a escutar:

— O jeito que você tem é ir embora, seu compadre.

Filipe ergueu afinal os olhos para ele, abanou a cabeça que não:

— Ir embora por quê?

— Você está muito marcado. Vá para outro lugar; por que não vai mesmo para Russas? Aproveite essa oferta, vá trabalhar na Inspetoria!

— Não sei para que fui falar nesse lugar da Inspetoria. Agora vocês se pegam com isso...

Roberto agarrou o ombro dele:

— Não é, Filipe, você mesmo está vendo que é preciso. Ainda ontem só escapou não sei por que milagre. Mas juro que o tira lhe reconheceu e lhe pintou. Hoje mesmo tive aviso disso. Não é melhor você se afastar, ir trabalhar mais longe? Esta noite, ainda, vou propor sua retirada ao secretariado. Só não quis falar sem lhe avisar antes...

Filipe disse que ia pensar, deixou o outro na mesa, saiu, aborrecido. Ir embora. Para Russas. Fazer o quê, naquele deserto? Revoltar os carnaubais?

E se ficasse? Comia cadeia, na certa. Muitos meses apodrecendo. Processo, talvez. Quem sabe não era melhor ir mesmo. E depois, Roberto hoje falava na certa; a organização resolvia, e o jeito que lhe ficava era ir de qualquer maneira.

Dona Leonília ia reclamar. Gritar pela casa, se lamentando, se queixar na bodega dos sacrifícios que tinha feito para criar aquele filho, dar ensino de gente a ele, e agora o resultado que tinha era o que se estava assistindo: vê-lo ganhar o mundo, fugindo feito negro ladrão, corrido da justiça... E toda a rua acompanhando Dona Leonília no desgosto e na reprovação...

Os filhos de Angelita iam ter saudades. O rapaz foi sentindo uma moleza no coração. Ir-se embora, perder as longas conversas junto à máquina de Angelita, acompanhadas pelo *plic-plic* da agulha furando a seda dura.

Mas de repente se assustou. Raízes! Ia, sem sentir, criando raízes, se prendendo. Se amarrando junto aos pequenos magrinhos e pálidos de Angelita que lhe trepavam pelas pernas, que ia ensinando a ler nos cabeçalhos dos jornais. Se prendendo naquelas conversas amolecedoras com mulher, em que a camaradagem se perfuma com uma aragem de sexo. Se prendendo, se escravizando como Roberto... como João Jaques, que já foi embora muito tarde, fugiu, mas não se livrou, e naturalmente ainda sofria e tinha saudade.

Filipe encolheu os ombros, como sob o medo repentino desse peso de ternuras. Não, muito melhor era ir embora. Ir para diante, sempre para diante, como um parafuso. Para que amar, para que entortar, para que se prender em desvios? Não, sempre parafuso, furando para diante, trabalhando. Sem nunca poder nem espiar para o lado.

E havia de arranjar serviço em Russas, Limoeiro, Aracati, por todo o Jaguaribe. Fazer sempre alguma coisa, criar umas bases rurais, trabalho novo, quem sabe, fácil, útil como o diabo.

À porta dum boteco vizinho do cinema, Paulino, o ferroviário mestiço de olhos azuis, olhava melancolicamente a onda de povo que entrava para ver a fita, encostado ao cartaz grande onde Greta Garbo esfumava um vago perfil de deusa egípcia. Espiava a gente passando, espiava sonhando, embalado pela campainha do cinema que atroava a praça. Filipe lhe bateu no braço, acordou-o. Paulino agarrou-se logo a ele, indagou, interessado, com pena:

— Então, é verdade o que andam espalhando? Você vai viajar? Vai evangelizar o Jaguaribe?

Filipe entrou, aproximou-se do balcão grudento de açúcar, pediu uma lapada. Bebeu dum trago, cuspiu, numa careta, e só depois olhou para Paulino, respondeu-lhe à pergunta:

— Vou.

25

ALGUÉM LHE TINHA falado que no Bazar Americano precisavam de uma caixa. Noemi bateu logo lá. Porém, quando chegou, já outra moça mexia a manivela da registradora, ia dando os trocos, contando muito alto, exibindo diligência. Viagem perdida.

Tinha deixado o Guri dormindo, em pleno meio-dia, contra os hábitos dele. À volta, ainda achou o menino deitado, a cara vermelha, os olhos chorosos. Tinha febre. A comadre, ao lado, contava histórias, compridas, atrapalhadas, que o Guri ia ouvindo, aborrecido, dando de vez em quando um gemido manhoso. Noemi se assombrou logo:

— Comadre, você deu alguma coisa ao Guri que fizesse mal?

A comadre ergueu-se, sacudiu a cabeça; não, não dera nada, só a banana assada de todas as tardes. Também Noemi se apavorava com qualquer febrinha. Todo menino tem febre de quando em vez.

Noemi sacudiu ao acaso, por cima das malas, as meias, o vestido, a combinação, enfiou um robe, sentou-se junto ao filho. O Guri choramingava, amolado.

— Que é que você tem, meu benzinho? Onde é que dói?

Não doía nada. Não queria nada. Queria mesmo choramingar, enfezado.

A comadre foi lá dentro, veio com o chá de sabugueiro que estava corando. O Guri não quis beber, deu com a mão na xícara. A febre parecia alta, os olhinhos ardiam, ele pedia água a todo instante.

Noemi rodava inquieta pelo quarto, passava a mão pela testa do filho, conseguiu com muito trabalho que ele bebesse uns comprimidos purgativos, desmanchados na água. Por que esse seu terror? Toda criança tem doenças.

É isso o que diz Roberto, o que dizia João Jaques, o que agora mesmo continuava repetindo a comadre. Mas ninguém pode impedir o coração de ter medo. Aquele susto, aquele tremor quase imperceptível nas mãos.

Quando Roberto chegou, às seis horas, estranhou-lhe os olhos febris, o rosto sonâmbulo com que o foi receber logo que ouviu os passos dele na porta da rua.

— Que foi que houve?

— O Guri está com muita febre, Roberto. Estou com medo.

Não seria nada. Para que esse susto? Toda criança adoece (a mesma palavra, sempre a mesma coisa!).

— E muitas morrem. Quero que você chame um médico, Roberto.

Naturalmente que chamava o médico. Queria só ir ver o menino, saía logo.

Na sua caminha, agora sentado, o Guri, com a carinha corada pela febre, brincava aborrecidamente com um palhaço de pano. Não sorriu para Roberto, guinchou, irritado, quando o rapaz o quis tomar no colo. Realmente tinha muita febre.

— Mas daí para você se assustar tanto, Noemi!

O doutor veio de automóvel, ruidoso, dando risada. Falava em tudo, discutia política com Roberto (era simpatizante, tratava de graça todos os camaradas da cidade), indagava dos preços, das novidades. Chegou para o doentinho, tomou-lhe o pulso, disse uma graça, perguntou por não sei quem a Noemi. Por Angelita, talvez. Noemi não respondeu, nem entendeu.

— Que é que acha que ele tem, doutor?

O doutor compôs uma cara grave; levantou as sobrancelhas:

— Pode ser muita coisa, pode não ser nada... O caso é suspeito.

Então toda aquela alegria, todo aquele arruído não queriam dizer nada? Seria daquela mesma maneira que ele anunciaria a morte? E ela que tinha pensado, quando vira o homem perguntar por Angelita, tão ligeiramente, tão sem cuidados, enquanto tateava o pulso do Guri... Ela que se animara tanto!...

— É preciso exame de urina. E compressas frias, ingerir muitos líquidos...

Noemi não tirava os olhos do homem, sentindo um terror fininho, aflitivo, lhe perfurando o coração:

— E... há gravidade, doutor?

O médico sorriu, meio contrafeito:

— Bem, toda doença pode ter gravidade... Depende da evolução, do tratamento...

Por que aquele homem não dizia duma vez que não era nada, por que não dava logo um remédio, por que não tranquilizava o seu pobre coração aflito? Para que era médico, para que tinha estudado, que é que vinha fazer junto dos doentes se não sabia o remédio que salva, se não podia pôr bom um pobre pequenino com febre sem antes matar de terror a pobre mãe?

Ela queria agora perguntar se havia risco de morte ou se apenas se tratava duma doença comprida, trabalhosa. Mas teve medo. Ficou entretanto com os olhos presos no médico, como magnetizada, ou antes, magnetizando-o, procurando lhe ler na cara palavras que ele não dissera, decifrar uma esperança que talvez ele escondesse sem ninguém saber o motivo.

Mas o doutor foi lavar as mãos falando já noutra coisa, discutindo com Roberto os telegramas da Alemanha. E Roberto que conversava, que respondia, que perdia tempo com aquelas palestras idiotas, quando devia arrancar do homem a palavra, a certeza, a esperança! Inesperadamente o médico se dirigiu a ela:

— Pois use as compressas, apanhe a urina, como expliquei. E fique dando a poção que Roberto vai trazer. Vamos ver amanhã.

Noemi se agarrou à promessa:

— E o senhor vem mesmo amanhã? De manhã?

O doutor garantiu que vinha, cumprimentou, levou Roberto no automóvel para o remédio vir mais depressa.

Noemi voltou ao quarto. E tinha pensado que não era nada. Apesar dos seus protestos, no íntimo acreditava, quando Roberto e a comadre lhe diziam que não tinha importância, que toda criança adoece. Agora é que via quanto acreditara, depois que o médico dissera aquilo, que constatara a gravidade. Por que não gritava de medo?

Ao menos desoprimiria o coração. Pegou o filho nos braços, beijou-lhe as mãozinhas ardentes, deitou-se numa rede com ele. Tentou falar-lhe, fazê-lo rir. Mas o pequeno não respondia, fechava os olhos, sonolentos, queria dormir. A mãe começou a cantar, baixinho, as cantigas macias com que o ninava sempre. Cantava mais para si, para se entreter, para fazer alguma coisa. Foi cantando, recordando, entristecendo mais.

E João Jaques longe, e não sabia nem se o deveria avisar. Já chorava agora. Chorava e pensava um jeito de escrever a João Jaques que o Guri estava doente, que ela morria de medo, que o médico tinha dito que era grave.

Passou a noite dando a poção, enrolando o Guri nas toalhas molhadas, que o faziam gritar e espernear de cada vez.

No quarto vizinho, derreada do dia de serviço, a comadre dormia, roncando. Roberto é que a ajudava, silencioso, espantando o sono. De madrugada Noemi dormiu um pouco, com o Guri nos braços. Dormindo, teve a impressão de que ele choramingava, revolvia-se e de que o embalou. Mas despertou, assustada, correu a renovar as compressas, cheia do medo de ter interrompido as prescrições. Mas o Guri até parecia melhor, falou, pediu chá, chamou a comadre. Noemi se sentiu mais animada, reconfortada com a luz do dia. Os seus terrores, agora, lhe pareciam quase pesadelos da noite. Pensava nisso enquanto pingava as gotas de acônito no chá, junto à janela.

Pensava que daí a pouco poderia se sentar junto à caminha do doente e acabar de bordar a gola do pijaminha vermelho dele. Pensava que depois do almoço Filipe talvez trouxesse a resposta do sujeito da Light sobre o emprego. Foi aí que a comadre, que ficara junto à cama do Guri, chamou por ela, primeiro em voz baixa, assustada, depois, gritando.

Noemi largou o vidro na janela, correu com o copo na mão. A comadre se inclinava para a cama, como se fosse pegar o menino, depois retirava os braços, cheia de terror.

Um tremor violento agitava a criança, os bracinhos se sacudiam, tiritando, os olhinhos se envesgavam, cegos, a boca se torcia num esforço mudo e apavorante. Não gritava, não chorava, era como se lutasse com uma coisa estranha e invisível que a raptava do mundo, lhe apertava na garganta os sons estrangulados, lhe deformava o corpo e o rosto naquelas contorções desesperadas.

A comadre continuava indo e vindo, sem coragem. Mas Noemi teve forças de vencer o pavor, de tomar o menino nos braços.

A comadre gritava:

— Está morrendo! Está morrendo!

O peso da criança, o terror fizeram Noemi tropeçar, deixar-se cair sentada numa mala. E como a comadre continuasse gritando que o menino estava morrendo, estava morrendo! Noemi exclamou com uma energia furiosa:

— Não morre! Meu filho não morre! Traga um banho, comadre, depressa, um banho! O médico falou que desse um banho!

Começou a despir febrilmente o menino, repetindo entre dentes, aos arrancos, como um desafio:

— Não morre... não morre.

Gritou também por Roberto:

— Vá chamar o médico, o médico, Roberto!

Roberto já vinha, abandonara o café na mesa, metia o paletó às pressas, quase esbarrava na comadre que tropeçava pelas portas com a bacia cheia de água.

O banho realmente abrandou o ataque, as contorções foram passando, só ficou um tremor, um tiritado. E o corpinho foi ficando roxo, um gelo que corria debaixo da pele arrepiada. A mãe o enrolou na toalha, o envolveu em cobertores, ficou com o filho nos braços, de coração parado, esperando que a desgraça houvesse acabado e ao mesmo tempo morta do terror de que voltasse.

Roberto e o médico chegaram logo. O doutor vinha com uma capa em cima do pijama, apreensivo, indagando. Mas quando Noemi ia contar, ia dizer que estava de costas, junto da janela, pingando o acônito, voltou o tremor, o ataque no Guri. O doutor tomou a criança, começou a dar ordens a Roberto, à comadre. Noemi encolheu-se a um canto, ficou espiando, escorraçada de medo, esperando o milagre das mãos do outro.

Ao meio-dia o doutor saiu, foi almoçar. Disse que o caso era delicadíssimo.

À tarde tudo parecia ir melhor.

À noite, o pesadelo recomeçou.

Ao lado da cama o doutor, imóvel, velava, ordenava uma lavagem, um envoltório, com voz breve. As mãos de Noemi, os braços, o corpo, os olhos trabalhavam, obedeciam. De madrugada o doutor foi embora. Voltou de manhã cedo. Pouco depois veio um novo ataque, o mais forte de todos, e o Guri morreu.

A morte é silenciosa e modesta. Os vivos é que a cobrem de gritos, de aglomeração, de ritos. O Guri morreu suavemente, sem falar, sem saber, decerto sem saudade de nada. Apenas abriu a boca, aspirou o ar numa angústia mais forte do que tudo e uma onda amarelada lhe foi subindo gradualmente pelo corpo, debaixo da pele, tomou-lhe as faces coradas pela febre, ganhou-lhe a boca, a testa, os dedos da mão. Mais nada. O doutor disse baixinho:

— Foi o fim.

E Noemi ficou olhando, esperando mais, esperando o fragor do mistério terrível. Mas nada. O doutor fechou os olhinhos assustados, calçou com um pano o queixinho flácido.

A comadre se aproximou chorando: era preciso vestir.

Noemi afastou a mulher, foi à malinha dele, tirou a roupa branca, marinheira, os sapatos brancos; disse aos outros:

— Por favor, saiam, eu visto. Quero ficar só com ele um pedacinho.

Ela mesma cerrou a porta. Tirou o Guri da cama, o corpinho mole se encostou no seu, como dantes. Abraçou-se a ele, pôs no seu pescoço os bracinhos inertes, tentou se iludir com um último abraço. E começou a gemer baixinho, nos ouvidos do pequenino morto, todas as palavras de ternura que lhe dizia antes, as queixas monotonamente, infantilmente. Não sentia ainda o grande desespero, só susto e medo, e uma espécie de esperança agoniada no fundo do coração. Esperança de quê?

Aos poucos os bracinhos escorregaram; o rosto já estava frio, só nas costas e no ventre restava um calor de vivente.

A comadre pôs a cabeça na porta; Noemi pediu outra vez que a deixassem só, que não demorava mais. Tirou a camisinha ainda úmida dos remédios, do suor, dos sinais da vida. Vestiu devagar, com uma cautela infinita, com medo de magoar o Guri, as calcinhas compridas, o casaco, a gola. Só ao calçar os sapatos não pôde mais; deixou a comadre, que afinal entrara e se ajoelhara ao lado, apertar os botões, ajustar os pezinhos com uma fita.

Mas isso já fazia muito tempo, anos, séculos. Fazia toda a vida, fazia oito dias, parece. E Noemi continuava andando, se alimentando, abotoando o vestido, alisando o cabelo com o pente. Às vezes até sorria, como quando Roberto contou a história... que história, mesmo? Enfim, quando Roberto contou uma história. Passou tudo sem gritos, com poucas lágrimas. Para que um grito, quando chega o terremoto? No dia do fim do mundo ninguém gritará. Quem grita pede socorro. E o que fazer quem não espera mais socorro? O afogado não grita porque as águas grandes lhe enchem a boca. E Noemi se sentia mergulhar em águas profundas, sufocada e estrangulada pela voragem.

E depois os outros. Sua dor era uma coisa demais, uma exceção teatral, chocante, no meio da vida dos outros. Sua dor, qualquer dor. A dor dos outros é sempre absurda, espetaculosa, excessiva.

Ninguém a compreende, ninguém a acolhe. Durante um momento só, é natural, comove, consola-se. Depois, curto tempo depois, é incômoda, escandaliza, envergonha. Noemi sentia isso. E sentia ao mesmo tempo vontade de gritar, de rolar no chão, de se destruir a si e às coisas. E ficava quietinha, imóvel, com a mão no bolso do quimono, amarrotando nervosamente o telegrama desesperado, incoerente, de João Jaques, sentada na rede ao lado de Roberto que lia o jornal e de vez quando a examinava com olhos ternos e inquietos.

26

FILIPE OS VEIO ENCONTRAR assim, calados, juntos, cercados e vencidos de desespero. Roberto lia, Noemi rodeava os joelhos com os braços e escutava, de cabeça inclinada, as coisas secretas que lhe vinham nas batidas do coração. Ao ver a visita, saiu da rede, foi recebê-lo, começando um sorriso nos lábios trêmulos.

— Oh, bons olhos o vejam!

E pondo os pés para fora da rede, Roberto gritou:

— Então, vem se despedir?

Verdade, vinha se despedir. Ia para o interior, para Russas mesmo, para o inferno.

— Não foi você que arranjou isso? Agora eu próprio acho que não posso continuar aqui. Vou ganhar o mundo.

Noemi indagou se a organização deixava.

Se a própria organização é que o mandava embora! Hein, Roberto? Ficando na cidade, só tinha uma perspectiva: cadeia. Já perdera o emprego, já estava ameaçado como o diabo. Aparecia agora esse gancho na Inspetoria:

— Foi o seu companheiro o primeiro a me aconselhar a ir. Posso mesmo dizer que foi ele que forçou.

Noemi o olhava com tristeza: mais um que ia embora. A velha vida se dissolvia, o grupo se sumia todo, comido pelas deserções.

João Jaques — o seu telegrama lhe ardia no bolso, ainda, e ele só lhe aparecia agora dentro de uma onda de ternura e de desespero —, João Jaques foi o que começara a ir embora, e os outros, e o Guri, Deus do céu, o Guri!

Filipe falou:

— Vim buscá-la, Noemi, para ir comigo à casa de Angelita. Quero me despedir lá. Você precisa fazer alguma coisa, sair, arejar.

A moça baixou a cabeça:

— Eu sei... e eu tenho saído... Ainda ontem fui ao curso. Vou com você, agora.

Roberto se alegrou, vendo-a assim dócil, disposta a se mover.

— Vão, vão, meus filhos, vão em paz e salvamento! Eu vou cozinhar a inteligência no jornal.

Os olhos de Noemi estavam agora sem mistério, muito longe da antiga alegria. Só tristes, tristes, fundos.

"Melhor", pensou Filipe. "Não perturbam mais os pensamentos da gente. Não vou ter saudades."

Noemi falava pouco, sorria descorado, um sorriso de quem está com medo. É assim que devem sorrir os soldados apavorados na trincheira. Um sorriso doentio e amargo, inquieto, tímido, que desesperava Filipe e lhe dava vontade de gritar:

"Chore, se lamente, role no chão, mas, pelo amor de Deus, não sorria, Noemi! Não vê que você está sorrindo e faz medo? Era muito melhor que chorasse, que encostasse a cabeça no banco do bonde e soluçasse à solta; tudo, tudo é melhor do que esse sorriso parado de defunto!"

Angelita pedalava na máquina; na rua, a criançada — os filhos dela e os dos vizinhos — brigava pela calçada. Eram muitos, meninas, meninos, cacheados, gordinhos, chorões, barulhentos. Noemi procurava despregar os olhos deles, não podia; agrediam-lhe os sentidos, entravam-lhe com gritos pelos ouvidos, estalavam-lhe as risadas na cara. Tudo vivo, gritando, rolando no chão, brigando, tudo vivo! Aquele ali, tão pálido, com uma ferida na perna: e talvez escapasse, vivesse trinta, cinquenta, sessenta anos. Vivos, o mundo está cheio de meninos vivos. Meninos que têm doenças, e não morrem, ficam homens, a despeito de tudo. Quantos, quantos escapam, quantos ficam bons. O mundo todo está cheio de gente viva, de gente que nasce pequenina e fraca, atravessa uma infância trabalhosa, escapa, defende--se das doenças, de todos os perigos. A terra toda está cheia desses vivos. Vivos, quanta gente, quanto menino, tudo vivo! Não é lei natural morrer; não é nada. Só para uns; uns poucos. A maioria — quantos! — escapa.

*

Chegou em casa como uma louca. Supunha que inventara uma dor de cabeça; talvez mesmo nem tivesse inventado nada. Fugiu da casa de Angelita, Filipe seguiu-lhe atrás, desolado, sem compreender e com medo daquele ar de demência que passava agora pela feição dela, pelos olhos. Coitado, suspirou de alívio quando se viu só, na rua, depois de ela lhe ter batido a porta nas costas.

A pobre é que nem viu o jeito brusco com que o despediu, nem sabia o ar duro e desvairado dos seus olhos.

Foi para o quarto, começou a se despir febrilmente. Arrancou os botões, descobriu de uma vez só o corpo todo. E parou, de repente, para contemplar com surpresa a sua carne que era sempre a mesma, fresca, jovem, sã. Nada da medonha destruição que a esmagava transparecia ali. Que esperava ela? Talvez estar ferida, machucada, coberta de vergões, sangrando? Não seria muito mais lógico do que aquela carne insolente de juventude, rija, moça, com um sangue morno e ativo correndo dentro?

Olhou duramente o peito, o seio que a boquinha dele sugou tantos meses, que ele amava e desejava com tanta fúria. Correu as mãos pelo ventre, pelos quadris, por esse corpo que ele ocupou, do qual foi mais senhor do que um amante. Ah, o orgulho de ter saído da sua carne aquela perfeição, as mãozinhas, a cara, o sorriso, o cabelinho crespo! Parou de novo o olhar em si, com rancor, com um desejo mau de destruição. Estéril, inútil. Perdeu o filho, como um bicho que perde a cria, e continua vivendo, feliz, engordando, arranjando outros. Até que chegou a um ponto em que não pôde mais, enrolou-se no roupão, cobriu com as mãos o rosto, num acesso medonho de desespero. Caiu na cama, chorou, chorou como ainda não chorara um choro que subia das entranhas, que queimava o peito, os olhos, a cabeça, como um fogo, como um veneno.

Quando Roberto chegou, algumas horas depois, encontrou-a exausta, acocorada na cama, a cabeça encostada no espaldar.

Não chorava mais, apenas de vez em quando as costas lhe estremeciam, num soluço ou num arrepio. Outras vezes também gemia baixinho, tão baixo que mal se ouvia, o nome do Guri.

27

UM ANO. NOEMI subia vagarosamente a ladeira do Gasômetro. Nem sabia como tinha podido vencer tanto caminho, tão depressa. A casinha se perdia lá embaixo, na praia. Só se via o telhado preto e a fumaça da cozinha subindo, se enrolando.

Cansada, todo o corpo lhe doía, as pernas pareciam picadas de agulha, o ventre pesava, as pedras do calçamento lhe machucavam os pés mal calçados. De vez em quando parava um pouco para tomar ar, continuava o caminho. No muro preto do Gasômetro, ao lado, um letreiro branco ia se apagando. E Noemi, enquanto parava para respirar, reconhecia naquelas letras o traço familiar, a mão do companheiro.

Lembrava-se bem, fora Roberto que escrevera aquilo. Mostrara-lhe ele próprio o letreiro, muito tempo antes, quando voltavam dum banho de mar, ensopados e risonhos.

"Liberdade para..." Liberdade para quem? O nome não se lia mais. O protesto ousado e anônimo ia se apagando, sumindo.

Um ano. Como anda devagar um ano, com longos meses infelizes, com tanta coisa acontecendo. Um ano! Tanto choro, tanta luta, tanta coragem gasta!

Só. Agora estava só. Procurava sempre repetir isso. Tolice, não precisava repetir. Precisava era se familiarizar com a ideia, tirar-lhe um pouco do seu sentido pavoroso. Só. De um em um tinham ido embora, todos: João Jaques, o Guri, Roberto. E mesmo os outros: Filipe, para Russas — diziam que estava doente, muito doente —, Angelita para longe, com o marido e os filhos, e Samuel, Nascimento, Paulino, presos, dispersos, espalhados. E Roberto.

Companheiro, para que você se arriscou? Não pensava como eu ia ficar abandonada, de mãos vazias, perdida e sozinha na cidade?

Companheiro, companheiro, para que não me deixou só naquela noite? De que valeu sua companhia uma vez, se depois o carregaram, e me deixaram sozinha de todo? Para que essa sua mania errada de proteção?

Tinha sido numa noite de sábado; estavam sentados na sala, ela lia, ele escrevia, quando chegou o homem com os boletins.

— Para você distribuir, companheira. Hoje às duas horas. Cinco quarteirões. Está aí a nota.

E o camarada riu, mostrou os pacotes que trazia para levar a outros, disfarçados em embrulhos extravagantes:

— Estes, assim enrolados, não parecem um embrulho de feijão? Isto aqui é macarrão, aquilo, garrafa de vinho...

Foi embora, rindo ainda. À porta, Noemi perguntou:

— Na nota diz com quem devo ir?

O homem não sabia, não tinha dito. E supunha que não vinha na nota.

— Acho que é para ir só.

Roberto também não podia explicar, aquele serviço não era do seu setor. Mas disse que iria acompanhá-la. Debalde Noemi protestou:

— Você não tem nada com isso. Para que se arriscar também?

E sorria, para convencê-lo:

— Mandam isso para mim como experiência, porque sou um elemento novo e tenho que dar provas. Você é de categoria, não deve se desperdiçar em ninharias.

Mas Roberto não se importou, não se comoveu com o sorriso dela, insistiu:

— Vou. Nem diga mais nada, pois de qualquer jeito eu vou. Você não pode ir só; pode ter alguma coisa.

A cidade estava toda escura, um vento de madrugada já corria pela rua, vindo do mar. De vez em quando Noemi se abaixava, enfiava o papel debaixo da porta, erguia-se, com um sorriso nervoso. Roberto queria ajudar, ela não deixava:

— Não senhor, a tarefa é minha. Nem se meta que eu não deixo.

Nisso ouviram passos, a princípio lentos, prudentes, depois mais rápidos. Noemi, que se inclinava, ergueu-se à pressa, deu o braço ao companheiro, foi andando com calma. O homem passou por eles, pisando duro, virou-se um pouco para o lado como para não ser reconhecido. Roberto murmurou:

— Viu a gente, garanto.

Noemi não concordava: como é que ele ia ver! Ela se levantara tão depressa! Como é que o homem ia desconfiar?

— Garanto que viu. É melhor a gente jogar o material para detrás desse muro e dar o fora.

Mas Noemi não cedeu:

— Você diz isso porque a tarefa não é sua. Eu é que não vou fazer uma sabotagem dessas... Deixe de nervoso.

Continuaram andando, trabalhando. De súbito, ouviram um ranger de freios e desembocou na esquina um automóvel escuro, de luzes apagadas, silencioso. Os dois se encostaram à parede, com o coração na boca. Roberto ainda estirou a mão para Noemi, para lhe tomar o pacote de boletins. Ela, porém, segurou o embrulho com mais força; não houve jeito de entregar.

Três homens saltaram do automóvel, cercaram-nos. Um deles trazia o revólver na mão. Seguraram, um o braço de Noemi, outro, o de Roberto. E o terceiro, o do revólver, tomou silenciosamente o pacote que eles ainda agarravam entre si. Empurraram o casal para o automóvel. Lá, junto do chofer, procurando esconder a cara na aba do chapéu, o homem que passara por eles cochichou qualquer coisa com o secreta do revólver, confirmando talvez a denúncia, reconhecendo os presos. Depois o automóvel partiu, e o delator ficou sozinho na calçada, sereno, de consciência satisfeita.

Depressa Noemi foi solta. Dois dias, talvez. Era fácil soltar uma mulher grávida, sem antecedentes, principalmente se tinha um responsável que sofresse por ela.

Roberto, esse é o que ficou. Foi depois para o Sul, numa leva. Estava agora numa colônia, dizia-se que numa ilha. Quem tinha certeza? Os tempos estavam tão incertos, as notícias difíceis, impossíveis.

Para que lembrar agora os dois dias de desespero, se sentindo sozinha e abandonada, sem dinheiro, sem emprego? Afinal, depois de semanas terríveis, inúteis, conseguira se arranjar numa casa de roupas brancas. Costurava o dia todo, curvada sobre a máquina, abafando, interrompendo-se de vez em quando para tomar um pouco de ar, enquanto no ventre o filho de Roberto aumentava e se debatia.

Agora mesmo, na subida, ele dava acordo de si, esperneava.

Coitadinho, tão maltratado, tão desprezado, sofrendo o que a mãe sofria, sufocado com ela na rede pequena do quarto ruim! Tinha que deixar o trabalho, pensava Noemi. Casa não lhe faltaria, morava com a mãe dum companheiro, entendiam-se bem, a velha era boa, caridosa. Arrumar um serviço mais leve, que rendesse para ajudar na comida e permitisse ao menino crescer à vontade, espernear à vontade.

Pisou em falso numa pedra solta. Arrimou-se ao muro. O pequeno parece que se sacudiu todo, comovido também com o choque.

Noemi sorriu, amparou com a mão o ventre dolorido:

— Mais devagar, companheiro!

E voltou a subir a ladeira áspera, devagarinho.

Fortaleza, outubro de 1936.

Este livro foi impresso nas oficinas da
DISTRIBUIDORA RECORD DE SERVIÇOS DE IMPRENSA S.A.
Rua Argentina, 171, Rio de Janeiro, RJ
para a
EDITORA JOSÉ OLYMPIO LTDA.
em fevereiro de 2024.

*

93º aniversário desta Casa de livros, fundada em 29.11.1931